LISBOA邂逅（リスボン かいこう）

他一篇

佐久間清敏

新潮社
図書編集室

目次

写真　Wikimedia Commons,
Pixabay, Unsplash
版画　室井弘道
装幀　大森賀津也

LISBOA邂逅

Lisboa（リスボン）の貧民街の一角に、Fado（ファド）を聴かせる古びた酒場があった。ご多分に漏れず、何処の街でも貧民街は高台にはない。今夜のゲストの歌い手は Amália（アマリア）だった。ファドを楽しみに来店した客たちの食事も終わり、定刻になると彼女は、背丈の半分ぐらいのステージに現れ、すくっと立ち、その夜はバラッドから始まった。選ばれた曲はいずれも、ファドの要となる Saudade（サウダージ）（ファド固有の哀愁）の感情に満ち溢れ、海辺にあるファド記念館の陳列棚に過去の遺産として展示されたレコードが、天井に設えた小さいスピーカーから流れる、ファド歌唱の手本のような聴き慣れたものだった。アマリアは同じ曲を歌っても、声音の表情が夜ごと微妙に違う。その晩の彼女に何か特別の思い入れがあったかは、私にはわかるはずがない。その表情は曲のモチーフからズレ気味で、心なしかいつもより幾らか投げやりさを感じ、本来持つ絶妙な音感までも崩れ気味だった。

「もちろんときには、退廃の香りを放つ今夜のような歌い方も悪くはないし、それは決して誰もが達し得る世界ではなく、均衡と崩れとが交錯した、完成度が高い捨て難い一曲に違いない」と、私は心の中で呟（つぶや）いた。

それは、後々顕在化する深刻な事件の微かな予兆だったが、そのときの私にはまだわからなかった。

ここで少しばかりアマリアの来歴に触れておこう。一九？？年、リスボンの海岸沿いにある貧民街に生まれた。三歳のとき父は病死したが、詳しい死因は定かではない。その一年後、母が再婚するため母方の祖父母に預けられ、中学の一年になるまで一緒に過ごしたという。十三歳になった秋、優秀な成績を惜しんだ担任の教師に薦められ、祖父母の元を離れ貧民街から離れた進学校のひとつに転校した。当初は、遠い親戚に身を寄せていたが長くは続かず、ほどなく学生専用の安いアパートに引っ越し、実情を余り語りたがらない貧困な自活が始まった。年老いた祖父母から学費の送金を見込めるはずもなく、中学の後半から働き出し、やっとの思いで高校、大学を卒業した。本人は、カフェの接客をしながら勉学に励んだという。正直な話、接客係の薄給だけで学業が成り立ったかどうか、某(なにがし)かの金を援助する人がいたのかもしれないが、本人はその辺りは多くを語らない。名だたる国立大学に入り政治学を専攻した。その縁かどうか、二十五歳のとき結婚し、別れた九歳年上の元夫は、後々Portugal(ポルトガル)共和国の立法府『共和国議会』の国会議員になった。専門学校を卒業した夫は根っからの遊び好きで、毎夜家にはいなかったという。どんな男でも捨て置かない若い美貌の女が、どうして結婚直後からままならない格下の男を選んだのか。

男と女の繋がりは多様だし、本人たち以外に知らないことが多いが、相手への関心が薄く夜の交わりを避けたがる男と女が、どうして夫婦になったかは謎めいていた。出会った当初は激しく燃えたが忽ち冷えてしまったか。それも不自然であり、素直に頷ける説明とはとても言えない。それならいっそのこと、お金が絡んでいたとでも言えばわかり易いけれども。

　そんな夫との結婚の経緯についても口を閉ざし、また、議員になった経緯の詳細についても多くを語らないが、家庭を顧みないが外面はよかったと、何げなく口にしたことはあった。元の夫は今年の十一月二十四日に選挙があり、当選すれば三期目に入る。

　経歴を見る限り、アマリアは正式な音楽教育を受けていない。いつ何処で何を学べば、凛と立つその孤高の領域に達するのだろうか。ファドは古典音楽ではないから、幼少期からの体系だった教育は必須ではないかもしれない。歌のセンスに恵まれた若いアマリアなら、暫くの間前座の務めに堪えて、意識して年齢層の異なる聴衆たちの前で研鑽を積み、自らの立ち位置を確かめれば、凡百の玄人でも忽ち太刀打ちし得なくなっただろう。教育に接する機会を自らつかみ取った彼女は聡明なだけにとどまらず、生来持ち合わせた音楽の才能は、子供のころからその片鱗が窺われた。歌を口ずさむアマリアの異才に気づいた祖父は、あちこちの素人歌唱の催し物に連れ出した。大人の歌ファドを紡ぎ出す少女は、いつしか、大人以上のサウダージを獲得し、その評判はファド好きの間に広がった。アマリアにとってかけ替えのない祖父は、やはりまた、彼女の持てる才能を開花させる端緒を与えたのだ。祖父のこの導きは軽んぜず、ファドの音楽史に記録されなければならない。少女の歌の底辺に蠢くサウダージは、歌が上手な子供の、単なる大人の真似事ではなかった。来歴の通り、彼女が漂わせる寒々とした魂の鼓動は、意識的なものではなく、いわば本能に任せた、そして、子供に味わわせてはならない暗い色彩を帯びた、頗る個人的な体験によって絞り出されたものだった。他の小器用な歌い手が表面だけをかじっても、積み木のようにひと押しにより瓦解し、それならばと、巧みな世辞を使い近寄っても、にべもなく拒否される孤高の世界だった。

「アマリアの歌が持つ本当の凄さは、酒場にたむろする酔いどれにはわかるまい。俺は少女のころから、彼女の歌が四方に放つ行き場のない悲しみを聴いて来たんだ」

後ろから聴こえて来た男か女かよくわからない、少女アマリアの秘密を知る人とは一体誰なのか。徐に振り向いたが、ガチャガチャ食器の音を鳴らし品がなく食事をする、薄汚い衣服を纏う男と女以外に、それらしき人は周囲を見やっても何処にもいなかった。思い入れによる錯覚か。

アマリアとの出会いは件のファドの酒場だった。その夜、私は店主に無理やり調達させた、ポルトガル北西部の海岸にある都市、ポルト産の赤ワインを自分でグラスに注ぎ、心なしか寂寞とした気持ちでファドの音色に身を委ねていた。前座の二人の女が歌い終わると、アマリアがゆっくりとステージに現れた。直に聴くその夜のアマリアは、一聴して、喜びも悲しみも瞳の奥に被い隠し、平らかに楽譜通りなぞって歌う印象が残っている。華奢な彼女はいつもの仕事の習いか、背筋を真っすぐ伸ばしはるか遠くを見つめ、その歌声は恰も、行き先を告げずに立ち去った、見果てぬ夢の誰かを追い求めているかのようだった。淡々と歌われる、元々は物悲しいファドをマイクが丁寧に拾い店内に拡散した。

門前の赤色灯の透き間から、無聊を持て余し、けだるそうに体をよじりながらアマリアが歌う姿が見える。

「リスボンの酒場でポルト産のワインを飲むのは、通ぶっても様にならないよ」と、脇の方から酔客の声がした。

「余計なお世話だ。自分の金で何を飲もうが、とやかく言われる筋合いはない」と、声の方を振り向き少しの怒りを込めて呟く。言われてみれば確かに、もう少し醗酵を進めて熟成させたリスボン産の方が、塩漬けにして干した鱈を数日間水に浸けて戻し、玉ねぎ、じゃが芋などを卵でとじて炒めた、ポルトガルの家庭料理バカリャウを肴にして酒を飲むには合うだろうが、私には私なりのこだわりと流儀がある。

「この年になり人の話を気遣って、何にでも頷いていては疲れるだけだ。痩せ我慢だけでは切ないが、たかが飲み食いに自分の好みを通せない奴に他に何ができるんだ。言葉が不自由な私を異邦人だと思って小ばかにしてるのか」と、ぼやく。

「何ごとも一心に打ち込めば、異邦人だって本場を上回れるぞ。外から見た景色は、一概にばかにしたものではない」と呟く。

「私なら、置き去りにされた異国の文化に憧れ、求めてやって来るその気持ちを真正面から抱き留めたい。こんな小国の何処が好きなのか。普段、当たり前過ぎて気づかないことに殊更関心を持つ異邦人に対して、不思議な気持ちになれるだけでもうれしいではないか」
「とはいえ、老いてもまだ、自分の流儀を人に強いるほど頑固ではない。ワインの話に戻ろう。世間体を気にせず美味しいものは美味しい、と素直に味わえばそれでいい」と呟き、自分を無理矢理、納得させる。

その晩の最後アマリアに、持ち歌の『かもめ』をリクエストした。歌詞の内容を要約すると、七つの海を渡る一人のポルトガルの水夫をかもめに擬して、遠くにいて儘ならない愛する人への切ない想いを歌ったものだ。ファドの要となるサウダージを感じさせる、歌詞の触りを記しておく。

1羽のかもめが
飛んで描くデッサンの中で　わたしに
リスボンの空を運んできてくれればいいのに
今わたしの見ている空では
眼差しは飛べない翼であり
気力も尽き　海に落ちてゆく
…………
人生にさようならを言うとき
空のすべての鳥たちが

あなたの最後の眼差しを
わたしに形見に残してくれればいいのに
ただあなただけが持っていたあの眼差し
こいびとよ　わたしの最初の愛だったあなた

…………

今では滅多に歌われないカビが生えそうな曲を、異邦人の私がリクエストすると、深く澄み切った青い瞳は、物珍しげに真っすぐ私を見つめ返した。この青い瞳の眼差しを受け、ファド史を語るうえで恐らくは欠かせない、ふたりの物悲しい物語は始まった。アマリアは微かに微笑みながら、客である私に対して軽い会釈をした。そして、ステージの床まで届く長い衣装を纏(まと)ってその中央に立ち、ファドの歌い手らしくすくっと背中を伸ばし、つま弾かれたギターの前奏を確認して、

1羽のかもめが
飛んで描くデッサンの中で　わたしに
リスボンの空を運んできてくれればいいのに

…………

その先の運命を諦めて受け入れたかのように静かに歌い始めた。今夜は、私が長い間想い焦がれた、『かもめ』に出会った経緯をありのままに語ってみた。

『かもめ』は、ファドの古典としてかつて頻繁に歌われ、ポルトガル全土に遍く広まった曲だから、その夜のギタリストは調律の後、直ちに、楽譜も見ずに伴奏を始めた。改めて伴奏のギターに注目した。ポルトガルギターは独特の形をした民族楽器で、形はマンドリンによく似ている。弦の数は十二弦だから、普通目にするギターの倍もある。六弦よりも弦が多い分、繊細な音色を紡ぎ出せる。曲の初めにつま弾かれる、この楽器の一音の鳴り出しにすっかり魅せられた。夢でも錯覚でもない。あれだけ聴き込んだ曲を、目の前で、十二弦ギターの伴奏を従わせて歌ったのは、仏国映画の主題歌を担ったアマリア本人だった。過ぎた酒のせいか、後頭部に少々痛みを感じつつ、少しばかり曖昧な意識になり、久しく待ち望んでいた目の前の現実を夢心地で受け止めた。

本業の歌以外にも、全盛期の彼女の活動は幅広かった。仏国映画の主題歌を歌っただけでなく、女優業までやってのけた。残念ながら私は、出演した映画の一本も見たことがない。映画の中で歌われた、『暗いはしけ』をレコードで聴いただけだ。仏国映画『過去を持つ愛情』の中でアマリアが歌った主題歌『暗いはしけ』は、当時の仏国人にとっては、泥臭くても耳にしたことがない斬新さがあり、物珍しい奥深い音色だったかもしれない。その物語は、お互い過去のある男と女がリスボンの街で出遭い、ある日、ポルトガルの中部にある海辺の漁村ナザレに旅する。彼女が歌う『暗いはしけ』は、重いリズムを伴った特有の伴奏を後ろに従え、海で遭難した漁師の妻が、死んだ夫に語りかけるものだ。私にはその歌は、バッハの出現以前、中世の欧州の村落で催された収穫祭の舞踏曲に似た雰囲気が感じられた。各地の村落で挙行され、祭りの核となった舞踏曲は、宗教曲の後を継いで成熟した、欧州古典音楽の原型になるものだ。その歌詞の触りも記しておこう。

戸を開けると日の出だった
あなたの小舟が光に揺れた
舟は帆をあげ沖の方へ
あなたは雄々しく手を振った
あなたはもう帰らないと皆が言う
そんなことってないわ
そう　あなたは今も私のそばにいる

　私はまだ、ナザレの海岸に旅したことはない。ナザレの名前は、かつて帆船で地中海を東に航行すれば、僅かの日数で辿(たど)り着く中東イスラエルの、マリアが精霊により受胎したことを天使から知らされることを記念した、『受胎告知教会』が建つナザレに由来するという。ナザレは、今ではポルトガル屈指のリゾート地になったが、異邦人にとってはまだまだ旅情溢れる、大西洋に面した憧れの小さな町だ。いずれ、アマリアとナザレの砂浜で寝転んでじゃれ合って、燦々(さんさん)と降(ふ)り注ぐ陽の光に肌が焦げつくまで晒(さら)され、じっとして、大西洋からの風を受けられればいいと、求めてもおよそ叶えられない淡い夢を見る。

私は海辺が好きだ。痛々しいほど肌が晒される真夏の砂浜がいい。降る雪が海に溶け込む厳冬の海もいい。この目でまだ見たことがない、映画や絵画の海もいい。浜辺で抱き合う恋人たちの周辺を走り回っていた犬の姿は、仏国映画の一シーンだった。母が死んで日の浅いある日、主人公が海辺で人を殺し、殺人の動機を「太陽が眩しかったから」と裁判で述べた、若い日に読んだ物語のアルジェリアの海岸も印象に残る。それでも私にとって、大西洋からの夕日に照らされ細かい白波が輝く、リスボンの夕刻の海辺に勝るものはない。

夏の蒸し暑いその日、私は最近借りたばかりの Táiběi（台北）のアパートにいた。かつて、数年間台北に移住し、法律の業務に携わっていたから、旧市街地は路地裏まで隈なく熟知していたが、急激に開発が進む周辺の郊外は東も西もわからない。午前中の涼しいうちにと思い、空になりかけた冷蔵庫の食品を補充するため、近くの市場に出かけた。雑踏をかき分け我先にと争う買い物は決して嫌いな方ではないが、暫く台北に来なかったので、久々に巻き込まれた不慣れな喧噪に、今日は少しばかり疲れてしまった。用向きを済ませ、そそくさと帰宅して安楽椅子に横たわり、穏やかな気持ちでうとうとする。夢うつつ時刻を刻む音で我に返り、目の前にある古風な掛時計を見やると、すでに午後の三時を回っていた。「この時間では、Jìngtíng（靖婷）はまだ帰って来ない」と呟いたが、待つしかないと思いつつ持て余した無聊の扱いを考えあぐねた。どう転んでも取るに足らない些細なことだが、心の中は私の意識を離れて、ぜんまいのネジを巻いた柱時計が時を刻むため、カチカチと無機質に回転するだけのあえて採り上げるべき価値がない、不可思議といえば不可思議な、緩やかな普段気にも留めない動きがあった。私は午睡から目覚め、電源が入ったままだった音響機器のスイッチを切った。ベトナム製の竹で編んだ揺り椅子に身を任せて午睡中、鮮やかに歌うファドの調べは、やはり、ときおり悪夢を繰り広げる別の世界の響きではなかった。

夢うつつ聴こえたその歌は、アマリアの持ち歌を若手の誰かがカバーしたものだったが、名も知れないその若手は、懐旧のファドに別れを告げ、新しい時代の到来を告げる鮮やかなデザインを感じさせ、すでにかなりの歌い手であることは間違いない。たとえ夢うつつでも、一節の触りだけでその音楽の善し悪しを立ち所に理解する。音楽に限らず、立ち塞がる障害を突き破る一念があれば、誰もが諦めかけたその奥に控える真実を見極められることは間違いない。気に入れば、一夜を共にしただけの女でも、顔の染みの箇所や数さえ誤りなく記憶するだろうし、だからこそ、姑息な手段は弄せずに、向き合った対象の身も心も一心に求めれば、取り敢えず必要条件を満たす。好き嫌いに是非はないし、ファドに魅せられた私は腰が立たないほど懐柔され、もうどうにでもなれ、と床板に体を投げ出した。

「一心に求めもせず、他に何があるというのか、ためらわず単に求めよ。小賢しい算段は紙くず同様一息で吹き飛ばされ、この世から瞬く間に消え失せるから」と、呟き続ける。

　求めたが故に、本来避けられた艱難が次々と進路を塞ぎ、辛うじて昼中を送れば晩には疲れ果て、皺だらけの体が重たくて倒れ込む。翌朝目覚めれば、前日の深酒の余韻を残し持て余し気味の体だが、進むも止めるもやはり自分の思い次第だ。

「疲れていてもベッドから起き上がり、前を向き直し、次の一歩を踏み出すしか道はない」、寝ぼけ眼に言い聞かせる。

　心に決めればジタバタせずに、夢に見たSegredo（秘密）に至ることを一途に願うが、それは当然十分条件ではない。現実は、野辺に咲く慎ましい思いさえ叶うとは限らないが、そんなとき潔く諦め、重苦しい落胆を受け入れられるか疑わしい。精一杯向き合った結果の不達だと言い聞かせ、やれることはやったからよし、と本当に割り切れるか。

「まあ、一夜限りの娼婦の話はこのくらいにして、話題を音楽に戻そう」と、帰らない靖婷に待ちくたびれ、心の中で仕方なく呟いた。

「独創がそんなに大切か。他人のカバー曲でも、原曲を上回る作品があるではないか」と続くが、それは、何処まで行っても作り手と評論家の距離が縮まらないように、仮に後者の頭脳が明晰だとしても役割が違うから較べようがない。確かに、原曲でも下手なものは下手だし、オリジナルだからとただ有り難がるのはばからしいから、肩肘張らずカバー曲を楽しむのも、また賢い選択肢のひとつだ。靖婷の帰りの遅さにイライラして、呟きはなお続く。

「それならば、オリジナルの意義は何処にあるのか」

　強弱の差はあれ、凡人には思いも寄らない驚きの斬新さを世間に初めて示すことにある。旧い価値とせめぎ合う新しい価値が胎動する契機となり、中には、運よく時流に乗って世の中の主流になるものもある。

　靖婷が帰るまでにまだ時間がありそうだから、今回は、少しだけ自分のことを語ってみよう。何を隠そう私は、気の向くままに世界を旅する放浪者だ。そそり立つ山々や延々と広がる平地だけでなく、過去と未来とが行き交う時間の壁をも飛び越えて、擦り切れた鞄を抱えひとり旅をする。呑気（のんき）な稼業に見えても、滅多に人の出入りしない未体験の領域への旅だから、結構気疲れする職業であることはわかって欲しい。仕事柄、ときおり見るのも辛い世界に遭遇し、干からびて潤いのない空間を通り過ぎるのに難儀する。見て見ぬ振りをして素通りしようとしても、何者かに行く手を阻まれ、青ざめて四肢が金縛りになったその身では、もがくだけ緊縛されて事態の好転は望めないから、そんなとき、ジタバタせず成り行きに任せるのが最善だった。今回はひとり旅というより帰省だが、今は情報が足りないからTáiwān（台湾）でファドを聴くのは諦めて、自宅で擦り切れたレコードを回すことに辿り着く。ひとり旅の展開はこれからだが、その詳細はまだ私にも明かされない。語り尽くせない自分の職業の話の続きは、また別の機会にしよう。

●

夏の台北は、南のGāoxióng（高雄）と似たり寄ったりの気温だが、海洋の影響を受け易い高雄より、気象データは別にしても湿度が高く蒸し暑い感じがする。高雄の夏は晴れと雨との入れ替わりが早い。カンカン照りかと思えば、あっと言う間に暗雲が空いっぱいに広り、極めつけのスコールがやって来るがそれも長くは続かない。雲の切れ目から、先程の肌を突き刺す日差しが照りつける。傘を持たずスコールに遭い全身ずぶ濡れになったとしても、他の季節ほど支障はない。少しだけ我慢すれば、衣服は忽ち乾くからだ。それがまさしく亜熱帯の天気の特徴だ。孤島故、亜細亜南方との距離感の思い込みにうっかり騙されかけたが、高雄は亜熱帯に区分されても熱帯に近かったのだ。

　夏のある日、高雄の最も南端にある海岸まで外国では初めて車を運転した。台湾は、車は右側の通行だから不慣れな運転に戸惑った。交差点を左折したとき、突然、予想もしない真逆から迫って来た対向車に、危うく衝突しかけて驚いた。高雄市内から目的地の墾丁国家公園までは七十キロ以上あり、地図の上で予測したより遠く、また現地の地理に不案内のため、到着するまでに思いのほか時間がかかった。ようやく辿り着いた台湾の最南端は、靖婷の故郷でもあった。その日の天気もやはり、晴天とスコールが交互にやって来たが、公園に着いたころにはすっかり雨が上がり、目と鼻の先のフィリピン北端のルソン島が、今にも透けて見えるようだった。照りつける陽の光によって日陰でも気温は軽く四十度を超え、地面から蒸し上がる湿気によりホテルのテラスはスチーム風呂と変わらず、暑さに強い私でもさすがに気分が悪かった。

「高雄の夏は、いつもこんなに暑いの」と、隣に座る靖婷に尋ねると、本人は慣れているせいか見た目通り涼しげに、グラスに残った赤ワインをひと口で飲み干し、

「大体、今日と同じようなものですね」、全く暑さを気にする様子もなく、事もなげに言ってのけた。

　故郷の生家には今では、小児マヒを患って車椅子で生活する従姉妹（いとこ）がひとりで住んでいた。人手がなく手入れが行き届かない庭先の小さな畑には、収穫にはまだ早い、熟していない小

粒の葡萄が実をつけていた。ひと粒口にしたが、葡萄らしい甘みが足りなかった。血の繋がりとは本当に不思議なものだ。歩くことさえあたわない従姉妹は靖婷と見た目はひどく異なっても、目を瞑れば、香り立つ肌の色艶を想像し、危うく触ってしまいそうだった。葡萄の香りに誘われて不埒な思いを抱きつつ、翌朝には名残を惜しみ、南国の海辺に近い靖婷の生家に別れを告げた。

　台北は、高雄から三百キロ北にあり、緯度的には近接する石垣島や沖縄と変わらない。台湾は、小さな島に標高三千九百五十二米の最高峰、玉山（旧称新高山）をはじめ、富士山クラスの高い山々が南北に連なっている。見聞きする、降雨により度々発生する水害は、この急峻な地形が引き起こすものだった。水害を避け災害の少ない国へ移住することなど、渡航ビザを取得する難しさに限らず、いざとなれば過去のしがらみに拘束され、いや、馴染んだ環境に自らが後ろ髪を引かれ、これまでの日々を重ねるしかない。私のようにひとり身の放浪者なら、身軽で自由が利くからいい。国家でも女でも、間合いが取れず息苦しくなれば、夜陰に紛れて逃げるに如かず。気を遣い留まっても、重苦しさが沈降し心の淵に溜まるだけで、目を見張る展望は開けない。意に沿わない抑えた気持ちはいずれ爆発するから、ガス抜きして大事を避けた方が賢明だ。ガス抜きとは、邂逅より難しい告別の別称だが、抑圧を我慢して辛い思いをするなら、差し伸べられた手を振り払ってでも辞するしかない。

「それにしても靖婷の帰りが遅い。今日に限って、何処か寄り道でもしているのだろうか」

繰り返しボヤいても、帰りが早まらないのを知りつつ、「遅い、遅い」と、なお心の中で騒ぎ立てるのは、大の大人なのに、まるで未成熟な子供のようではないか。

台湾の対岸、中国福建省のXiàmén（厦門）には所用で何度か訪れた。アモイの高崎空港から国内便に乗り継ぎ、ちょっと寄り道して西に向かえば、一時間のフライトでWǔyíshān（武夷山）に着く。Běijīng（北京）の人民大会堂の正面に掛けられた山水画は、確か武夷山を描いたものだった。小舟で下る流れの速い川面には、山水画には描かれない沢山の蛇が、持て余した長い体をくねらせて泳ぎ、人の生存を脅かそうとして、今にも舟に這い上がりそうな生々しい記憶があった。意識せずついお喋りする心の寄り道から、また本筋のアモイに戻ろう。

台湾の反対側に立ち東方を眺めると、予想した景色とは幾分違っていた。どんなに目を凝らしても、大陸に近接する台湾の領土金門島以外に、遠くに浮かぶ台湾が見えるはずがない。観光客で賑わう台湾海峡に面したアモイの公園に、アヘン戦争など近代史の記録として設置された、筒先が海峡を向く錆びついた砲台があった。現代の福建省には、公園の記念碑にはまだなり切れない、台湾を標的にした生臭い二十一世紀の砲台が設置されている。今日抱える対岸との紛争の端緒は、遠く遡り、ポルトガルの東洋制覇の夢が英国など欧州列強に引き継がれた、清朝末期の共同租界の時代からの因縁があったのだろうか。台湾のもうひとつの名をFormosa（麗しの島）と言う。かつて、台湾に辿り着いた制覇の傍ら浪漫を抱くポルトガル人が名づけた、その感性の一端を示すポルトガル語の呼称だ。それは、アマリアと靖婷とを不確かな記憶で繋ぐ、はるか遠くに横たわる因縁かもしれない。

●

靖婷は、台北に本社がある占領時代から続く中堅の出版社の、主に文芸書を担当する編集員だった。先代の父を継いだ出版社の三代目となる社長は、腰の低い知識人で出版業という業界に頗る向いた穏やかな人だった。社長は有能な彼女を重宝し、出版物を記念するパーティーなどに度々連れ出した。上品な柔らかい物腰で衆目を集める靖婷は、社長の自慢の秘書を兼ねていたのだ。パーティーでは、台湾の若い社長連中の目を引いただけでなく、外国企業の御曹司たちにも気に入られ幾度となく結婚を申し込まれたが、その都度丁寧に断った。その後、人の若さは瞬く間に過ぎ去り、彼女はみすみす願ってもない婚姻の機会を逃がした。年を重ねるに従い、誘いをかける相手は、一夜を共にしたいだけの、妻を持つ中年の社長たちへと移って行く。

婚期を逸したのは、彼女自身の曖昧で頑なな性格のせいもあったが、もっと大きな理由は、二十歳年上の社長の彼女への思い入れと援助に束縛され、身動きが取れなかったことだった。

十五年もの長きにわたり、男と女の関係を中途半端に引っ張られれば、何の断りもなく女性の盛りは遠ざかる。最近になって退職の意思を伝えると、それまでは、自分の女にするだけで満足し曖昧な態度を取り続けた社長は、途端に慌てふためき、結婚して欲しいと言い出した。長年連れ添った妻の行く末も顧みず、去ろうとする彼女に執着した、という話を寝物語に聴かされたが、実のところ、私は、四方を見渡し万事手抜かりなく仕事を進める、私の視野から外れた時間帯の靖婷の本当の姿を知らない。

　また、ふたりの関係に話を戻そう。

「もしかして、私は靖婷の真相を知らないまま、別れることになるのではないか」と、本人から聞き及んだことをあれこれ猜疑(さいぎ)するうちに、不安に捕らわれ出した。離れていれば、肌の温もりを体が忘れ、ひとり歩きする心が些細なことを邪推し、ときが過ぎるだけ不信の溝は深まって行く。修復を願っても、埋め戻せない疑惑の一線を越えたら、真実はどうあれ、もはやなす術(すべ)はない。求めても、込み入った事情が触れ合いを許さず、苛(いら)ついて横槍を入れても迫力ある現実の制約に敵(かな)わず、一向に解決の糸口を見い出せない。こんなとき、力不足は歯痒(はがゆ)いが、成り行きに任せ変わり行く姿を見守るしかない。

　今日の台北はとびきり暑く、高雄と大差ない。吹き出す汗でシャツが背中にくっつき、着替えてもすぐまた濡れる。客間の壁に掛けられた寒暖計は、その日もまた四十度を超えていた。台北の夏は、乾燥が続く快適なリスボンとは随分違う。暑さを避けて涼みたいが、アパートの窓越しにファドは聴こえないし、ドアが開け放たれ歌い手が見える、レンガ敷きの坂道で営業する古びた酒場もない、と地球の裏側のリスボンに想いを馳せる。靖婷は仕事が終わり、百貨店に寄り道して涼も取らず、薄手の衣服に汗を滲ませ黙々と家路を急いだ。アパートで待つ私のために、途中、近所にあるいつもの市場に立ち寄り、その場で削り落としたスペイン産の生ハムと、数本のリスボン産の赤ワインを調達して来るはずだ。それらは、いずれも靖婷の好物だったが、彼女の影響を受け今では私の好物にもなった。

　ワインについての靖婷の目利きは、最近、会社の近くに開店した仏国料理店のソムリエに一目置かれ、彼女は客のひとりだから多少評価を割り引いても、一流の技量を持っているのは間違いない。あるとき、知り合いに勧められ、ワインの目利きを競うコンベンションに挑戦した。催しの趣旨は、知名度の低い国の美味しいワインを、生産者から直接割安に仕入れ、どうしたらそれが末端の需要に繋げられるかを調査するものだ。腕自慢が揃（そろ）うコンベンションで上位に入賞を果たした靖婷の飲み方は、直感的に味と香りを重視するものだ。その直感は喩（たと）えれば、持って生まれた本能に任せ、狙いを定めて獲物を捕らえる動物の嗅覚に似ていた。

　求められる水準を確保するため物事を極める必要は、ワインの目利きに限らない。世の常の通り、半端な作業では万が一の僥倖（ぎょうこう）はない。また、どんなに努力しても、不達を意識し始めたら所期の目標は宙に浮く。極めるための揺るぎない執着は、無聊をかこつ暇（いとま）を与えず、課された行程を体調の限りを尽くし消化する秘策だ。その一歩を踏み出す目線の先に、不確かでも、極めるべき姿形のイメージが浮かべばしめたものだ。アマリアを介しファドを極めるため、ノイズにブツブツかき消され、可聴帯域に浮き沈む音像を日夜解析する難しい作業は、私にとって至上の喜びだから、無聊が介在する余地はない。

「仏国産のワインが美味しいとは限らないわ。米国西海岸産のミディアムボディもよいし、最近では、アルゼンチンのワインにも、南米の気候が生んだ味わい深い新種があるの。ワインを選ぶときは銘柄に捕らわれず、自分自身のワインに対するこだわりを感じ取れればいいのよ」

助言通り素直に嗜んでも、正直に言おう、多少とも頷けるのは甘いか辛いか、渋さと酸っぱ味と、原料の香りが残っているかどうかを辛うじて感じられるくらいだ。そんな私が、なぜポルトガルワインに精通するのか、自分にもよくわからないが、愛着こそが到達への必要条件であることは明らかだ。

「ポルトガルワインの嗜好の話が出たから、自分の精通の性向について少し掘り下げてみるか」と、なお呟く。

音楽に対する私の精通は、恐らく、精細だが偏りのある知識体系だ。偏りは均衡を前提にするが、均衡は偏りを手本にして自らを修正し、『釣り合い人形』となるだろう。偏りのある競争の相手を、均衡が取れない未熟者などとゆめゆめ侮るべきではない。なぜなら、専門の高い峰に立つ才能は偏りに集中するか、一歩譲っても、突然均衡を破る異能に限られるからだ。

●

台湾は、大陸からの干渉により、国家としての存続が危ぶまれている。各方面に容赦ない圧力を受け、国交が絶たれた国からの輸入品は総じて価格が高く、輸入先によっては同じワインが日本の倍もする。靖婷は常々、好物の価格が高いことをくどいていた。台湾は、輸入物価の高止まりだけでなく、海外への渡航は、大陸が経済力を背景に世界中に圧力をかけるため、外から見るよりはるかに不自由だった。ただ、台湾の行く末に不安を抱く靖婷には息苦しい故国であっても、異邦人の私にとって、台湾は心地好い安らぎがあり、離れ難い小さな島国だった。

Formosaの温もりは、恰も陽の光のように、癒しを求める人たちを差別しないで遍く照らす。遠隔の地からやって来たいにしえのポルトガル人は、台湾に至り、長旅の疲れを癒す心地好い安らぎを得たに違いない。人は疲弊すれば、温もりに溢れた安らぎを求める。街中には、世に躓(つまず)いた人たちが、暫しの安らぎを求めて縦横に行き交う。台北とリスボンとは、遠く離れていても何処か似通い、両都市は長い間貧窮に翻弄されたが、行き交う人の、安らいだ人なつこさは未だに奇跡的に失われていなかった。

「旅人よ、もう、苦悶してあちこち彷徨しなくていいから、肩の力を抜いてひと休みしようではないか」と、自分自身に言い聞かせる。

長雨の後、植物が一斉に陽の光に向かい嬉々として花咲くように、安らぎに身を委ね、明日に向けて力を蓄えるのは命あるものの摂理ではないか。

ある午後のひととき、台北の旧市街にあるアパートの一室に、柔らかい陽の光を受け、寛(くつろ)いでいる私の姿があった。今日はもう、何も考えず目を瞑り、一切の作業を休んでみようと思う。忙(せわ)しない日ごろの心をゆったりと弛緩させ、靖婷と赤ワインを酌み交わし、近ごろ滞りがちだったふたりの話をしたい。知らぬ間に積もった思いを吐き出せば、窮屈な世にも躓かず、翌朝もまた思い切り両手を伸ばし、すっきりした気持ちで目覚められるはずだ。一旦は休もうと思った作業だが、次々浮かぶファド研究の構想で頭の中は一杯になった。

「無理と集中とは別物だ」と、なお呟き、言い訳をする。

「我が意に反して無理すれば、のしかかる負担に苛(さいな)まれるが、好きな作業への集中ならば、長い作業も苦労とは感ぜず過度の負担も気にならない」

確かにその通りだが、過剰に集中しなお疲れないなら、我が意を得ても無理となり、長きにわたり限度を超えれば予期しない病魔に襲われることもあるから、気分に任せず、他律による抑制をも考慮しなければならない。

私は、ようやく帰宅した靖婷と、ちょっと前に削り落としたばかりのスペイン産の生ハムを肴にして、リスボンでも産地の異なる二本の赤ワインを、今度こそゆっくり飲むことにした。帰り際以外多くを語らない娼婦のように身のこなしがしなやかで、捕らえようとすると指の隙間から滴りそうな靖婷は、その立ち居振る舞いはしとやかであり、私にとっては好ましく、人種は違っても日ごろの所作は何処となくアマリアに似ていた。その夜のふたりは、気が向けばときおり使う中国語で語らった。

ついでだが、私の中国語は独学だ。台湾人の使う国語（中国語）より、大陸の、それも北方の影響を受けた言葉遣いだ。中国は、欧州全体と大体同じ面積だから、言語の事情を較べるとおもしろい。ラジオ放送などの媒体がない時代、人の交わりを妨げる山河があれば、書面で意思の疎通をはかる漢字は一緒でも、各地の漢語は、発音が全く異なるほぼ別の言語だったと言ってもよい。中国各地で漢字が共通するのは、かつて、歴代王朝から地方出先機関への伝達が、漢字を用いた文書に拠ったからであり、各地の発音は違っても、文字を見れば意味がわかるという表意文字の効用だ。それは、殆ど奇跡に近い統治と文字との関係だと言ってもよい。欧州各国の言語は表音文字だが、重要な動詞や形容詞は意外と似ているから、発音の一体性を阻む障害と文字が果たした機能は、漢字の環境とさほど変わらないかもしれない。ラテン系の言語であるポルトガル語とスペイン語はかなり似ていると言われる。ツアー会社で、スペイン語を話すガイドは多いが、ポルトガル語を操る人は少ない。以前、スペイン語が堪能な日本人ガイドが引率するポルトガルの観光ツアーに参加したが、そのガイドは、現地の関係者のポルトガル語をそれなりに理解していたようだった。

「この生ハム、ちょっと塩辛いですね。だけど、鮮度と香りはちょっと前に削り落としたばかりだから、いつもの生ハムと変わらないですよ」

靖婷はときおりスペイン産の生ハムを摘まみながら、リスボンでも産地の異なる二本のワインを美味しそうに嗜む。ひと口飲むたびに、グラスの飲み口についた口紅をティッシュで丁寧に拭き取る。

「あなたはリスボンに行ったことがあるの」、不意を突く問いかけに些(いささ)か驚かされた。これまで、靖婷との間でリスボンの話題は一度もなかったからだ。

「うん、何度か」

「どうしてそんなに何度も行くのかしら」

「落ち着いた街並みとファドが好きだから」

「ただそれだけなの。よくわからない」、その口調は淡々としたものだった。

丁寧な言葉の裏には、もしかして、隠した女でもいるかのような、抑えられた語り口にやや詰問(きつもん)の響きが感じられるのは気のせいか。彼女はどんなときでも、激怒して相手を追い込むような愚かな女ではない。口論が激しくなる前に常に自ら身を引く。それも、その場を引き下がるだけでなく、迷いなくふたりの舞台から退場しようとするのだ。争いの原因が何であれ、保身のため私との関係を続けることを願い、意に反して謝ることはない。そして、その態度には強がる様子は些かも感じないから不思議だ。彼女が何を求めているのかわからない。

そう言えば、ふたりで外国に旅をしたある夜半、靖婷と軽い口論になったことを思い出した。争いの元（もと）はすでに忘れたから、いずれ大した理由ではなかったはずだ。

「いやなら台湾に帰ってもいいよ」

私はそのとき、彼女が帰国する備えがないことを知りつつ、つい禁句を口走ってしまった。

「わかりました」

黙々と荷物を片付け、言葉が通じず地理も不案内な初めての国で、その夜泊まる宿の当てもないのに、バッグを引いて、静かに真夜中の街へ向かって歩き出した、寂しげな後ろ姿が忘れられない。私が引き留めることなど、少しも念頭にないから本当に不思議な女だ。私は未だに靖婷がわからない。捕らえどころがなく、あやふやで不確かな姿は、何処かアマリアと交錯し、靖婷にはファドを歌わないアマリア、という呼称が符合するかもしれない。歌わないアマリアは、その分、心の秘密に近づく手がかりが少ないし、深々と被（おお）われた苦悩を延々と辿る作業など私にはとても重荷だ。

「本当に、ただそれだけだよ」

暫く間を置いて、リスボンを往来する理由を、彼女が納得するかどうか気にしつつ言葉を選んで答えた。ベッドの上のそのとき、靖婷の耳元で声高に、「アマリア」と叫んでしまったのか。

ばかげた妄想だ、あり得ない。或いは、アマリアに心を奪われる余り、夢の中で、隣に寝ている靖婷を間違って一途に求めてしまったのか。勘の鋭い女ならば、普段と違った求めは忽ち気づくだろう。それもないだろうと思うが、夢の中のことだから、歌声に誘われれば一概に何とも言えない。もう一度目を瞑り、ひとつずつ順を追って事の真相を回想しよう。靖婷の、普段は気にもしない抑えられた態度の裏に、仄(ほの)かに見え隠れする猜疑の心を一枚一枚消去して、残された答えの中に、問いかけの心の奥に潜む驚愕すべき真実があった。何も知らない靖婷はひそひそと霊界から囁かれ、立ちはだかる山河を巧みに迂回(うかい)し、リスボンのアマリアに辿り着いたとしか思えない。

「落ち着いた街並みとファドが好きだから」と答えたとき、ファドを知らない靖婷がどうしてファドの何たるかを問わなかったのか。

「もしよかったら、次にリスボンに行くときはわたしを連れて行ってください」

頼んでいるのかひとり言なのか、赤ワインのグラスの飲み口をティッシュで拭きながら、関心はすでに目の前にはなく、アマリアのようにはるか遠くを見つめ、珍しく酔いが回り、その呟きは呂律(ろれつ)が回らない。

初めて触れたファドは、ＳＰ盤のレコードだったから、蓄音機の平板な音にひどいノイズを伴って、古風な響きに拍車がかかり泥臭さを倍加させたが、ファド特有の物悲しいサウダージは過不足なく私の心に届いた。伴奏のギターは、アマリアの声音の強弱を意識し、でしゃばらず引っ込み過ぎず、程好い間合いを保って影のように寄り添った。彼女の歌は、歌い手を好きか嫌いかまだ心に決めかねる聴き手を一気に飛び越えて、大西洋からの西日がレンガ敷きの坂道を照らす、その色彩を帯びた声音の余韻を街中に残して、はるか遠くまで、些かの蛇行もせず伝播する。

そして、いち音いち音の調べは、命運に逆らえず書き置きを忘れて消えて行くが、当時、まだ見たことがないステージの上にフォーカスされたサウダージの残像は、空想の領域を一気に飛び越え、鮮やかに心に焼きついて、それ以来、ひとときも私から離れようとしない。蒸し暑い夕刻、台北の喧噪に埋没し、靖婷と絡み合いながら聴くファドの不思議な響きが、遠く隔ったリスボンに近づく契機になったことは、後日、リスボンの街のレンガ敷きの坂道を散策していたとき、何となく気づいたことだ。

ファドへの接近は、日常に、無造作に散らばった足元の起伏に引っかかり、転倒しかけ、現状を見つめ直した一歩から起動した。身を滅ぼす、一線を踏み越さない進むべき方向と迷わない道筋はなおわからない。微かな予兆を耳目を凝らして見逃さず、潮流の行き先を手探りで辿れば、やがて、海辺に打ち流されやつれ果てた在りし日の懐かしい廃木、ファドが流れるリスボンに行き着く。

「今、台湾は大陸から政治的な圧力を受け、凄く不安なの。何処かはわからないけど、いずれ外国に行くつもり」

靖婷の帰りを待った先日の夕べのひととき、削り落としたばかりのスペイン産の生ハムを肴に、リスボンでも産地の異なる二本の赤ワインを飲みながら、やり取りした会話を思い出した。

「米国や日本にも行ったことがあるわ。わたしの英語と日本語はそのためよ。でも、米国と日本はもういいの」

返すべき言葉を探しあぐねていると、

「リスボンは貧しいから、バンクーバーにしようかしら」

そして、長い沈黙が続いた後、靖婷は言葉を紡いだ。

「わたし、命など惜しくはないの。本当よ」

「酔っ払って急に何の話なんだ。今確か、リスボンかバンクーバーに行くとか、言っていた気がするが」、心の中で呟いていると、

「あと三年もすればわたしの役目は終わるわ。もういいの、その先は自由になりたいだけ」

問いかけて確かめることが憚られる、三年間の役目とは何なのか。人には明かせない、傷口がぽっかり開いた凌辱された過去とか、重過ぎて手に負えない、その身を被う拘束とかがあるのだろうか。そして、本人が望むその先の自由とは何なのか。酔いが回り何度も繰り返した語りの中に、必ず、某かの手がかりがあるはずだが、易々と解き明かされる隠し事はない。婉曲に、金銭的な救済を私に求めていたのか、酒を飲み、ただくだくだと愚痴っていたのか、積もる思いの一端を吐き出すと、その後決まって黙り込む。沈黙の後、語られない思いが何であるかは、如何せん、私の知覚の範囲を超えていてわからない。奥深い囁きは可聴帯域を大幅に超え、通常、人には聴こえない。心の耳目を研ぎ澄まし待ち受けていたら、ぜいぜい纏わりつく死の息遣いが、靖婷に迫り来る生暖かい呼気を首元に感じた。

靖婷は著名人ではないから、本人が語る以外にその来歴は、アマリアのように世間に知られ手にとれる情報はない。差し迫った事情があるなら、興信所を使えば、表に現れた姿はそれなりに明かされるだろう。今はまだ、気に障る何かがあってもそこまで深入りする必要はないから、ふたりの進展をもう少し見極めてから対処しても遅くはない。過干渉を避け、少し待つという態度こそ、相手と自分を追い詰めない適切な間合いの取り方であり、緊張の中の息抜きとでも言うべき、不要な問題の発生を抑え、男と女の関係を円満に収める要諦か。

「大丈夫。そういう人に限って死なないものだよ」

慰めようとした陳腐な言葉の中に、死を誘いかねない闇が見えた。靖婷の末の妹は、十階建てのビルから飛び降りていたのだ。私は愚かにも、靖婷が語る『その先の自由』を油断して、つい、死という言葉を口にした。妹の頭蓋骨は砕け、首はへし折れ、あばらや骨盤で突き破られた胴体からは臓物が飛び出していたという。一切の装飾を省いた死の悲惨さは、筆舌に尽くせない不調和であり、月並みの慰めが介入する余地はない。なぜ、妹が死んだかは、病のため中年まで未婚で就労もあたわなかった、と言えば、その大概は捕らえられるだろう。

末の妹の人生に、何か意味があったのだろうか。高校までは、内向的だが顔立ちの整った礼儀の正しい女の子という評判だったが、二十になったころから、周りの人が自分に意地悪をすると訴え始め発病した。家族は、精神の疾患だとは思わず、日々右往左往し疲れ果て、「頑張りましょうね」と、意味のない励ましをするだけで、医療上の適切な処置を施すまでには至らなかった。

間もなく、部屋に閉じ籠もり社会のあらゆる関係から離脱した。昼夜の別なく、覚醒すると、加害者がわからない被害を妄想し、家族に当たり散らし、徐々に不分明の世界に入って行った。ひとときは、神仏に頼ったが救われるはずはなく、最後には頼る力さえ失った。末の妹の人生に、何か意味があったのか、私には疑わしい。本人が不幸だっただけでなく、長い間巻き込まれ家族は疲れ果て、引きずられて沈黙の世界に入り、末の妹が死ぬ前に、両親は望みを絶たれたままこの世を去った。

死を誘いかねない私の慰めに、

「そうですか」、返答する声に抑揚はない。

靖婷本人も、恐らく意識しない重い口調に私は緊張し、軽率な発言を悔やんだ。慰めの言葉を間違えて、事態が拡散するのを防ごうとうろたえても、直ちには、放たれた言葉を修正する有効な方策が思い浮かばない。

「今こそ落ち着いて、発せられたひと言の全貌を見極めるため、人が本来備えている、心的態度の原則に回帰しよう」、血迷って訳がわからないことを呟く。

さ迷える精神の病でもなければ、人の心は、進路を立ち塞ぐ現実を反映するから、湧き上がる苦悩は晒される現実の中身を理解し、吹き荒れるその風圧を測れば真相に近づける。朝晩を問わず、いや、睡眠の在り様を含め本人が拠り所とする現実をつぶさに観察し、その現実と心的反応の因果を解析すれば、秘められた苦悩の所在と大小は、多少なりとも明かされるはずだ。

「あと三年もすればわたしの役目は終わるわ……」

語った言葉尻に振り回されれば、核心に迫る感覚は働かずいよいよ混乱に拍車がかかり、靖婷の顔色を覗い（うかがい）一喜一憂し、言葉の周辺を右往左往するしかない。

この男は、懲りもせず似たような女を選ぶものだと、我ながら呆れ返る。私が望んだのか相手が近寄って来たのか、邂逅の裏には語り尽くせない事情が付帯するから、一概に私の責務だと決めつけるのは当を得ない。本当か。ただ、間違いなく共通するのは、近寄って来る女たちは、いずれも容赦なく死の臭いを漂わせ、未だに私が知らない男たちへ自らの命の輝きを放つ。目の色が青いか黒いか、また突き刺す視線の強弱は違っても、日常の所作は人種や慣習を乗り越えて似かよい、ふたりに限れば、その性格は殆ど変わらず、母を同じくする瓜ふたつの姉妹ではないか。

もし、ふたりの来歴を入れ替えたらどうなるだろうか。まずは、目の前にいる靖婷について想像してみよう。謎めいた神秘はふたりとも相変わらずだが、靖婷の生い立ちが、パズルを解くように裸になるではないか。三歳で父を亡くし、一緒にいたかった母に捨てられ、長いとは言えない祖父母との生活がかいま見られた。中学の後半から働き出し、実情を余り語りたがらない貧困な自活が始まった。これまで、謎に被われた行為に確かな意味が与えられ、永遠に立ち込めると思われた霧は瞬く間に消え、木立の間から淡い陽の光が苔むした闇の世界に差し込む。その詳細はなお不明だが、大まかな輪郭は明かされた。不吉な予感が予感のままとどまればよいが、

「あと三年もすればわたしの役目は終わるわ………」との言葉が、心拍が高鳴る心に浮き沈む。

酔いのせいか際限なく堂々巡りし、暫くするとまた忘れ去る。

ジャケットが擦り切れたレコードは、部屋の真ん中を占拠し、積み重ねられて捨て置かれることもなく、今日もまた明日もと、ギターの伴奏とノイズとがもつれ合い、東洋の小島台湾でアマリアの歌の縁取りを際立たせ、早くおいで、と私を急き立てているような気がした。ベッドに横たわる私に擦り足で忍び寄り、切れかけた琴線に囁く声音に吸い込まれ、ボロボロのジャケット『Segredo（秘密）』に写された、黒い服を着たアマリアの写真を食い入るように見つめた。アマリアに洗脳され、ファドに翻弄された私は、ファドに関する資料を調べるため、書庫に保管する六千枚有余のレコードを改めて整理し始めた。欲張って、沢山のレコードを持つのは考えものだ。いつか聴いた歌を探そうとしても、目の届く範囲は千枚が限度だから、その在りかがわからず、曖昧に、旋律を口ずさむしかなかった。多くのレコードは、擦り切れた好みの曲しか触れられず、所蔵するものの大半は書棚に積まれたままだった。再生テーブルに乗せ、音の出だしを確かめては停止させ、二度と触らない蛇足もあれば、飽きもせず、繰り返し聴く馨しい世界もある。散らばったレコードの管理は、記憶に頼る人の手による仕分けに限界があったから、意を決しパソコンを介在させた結果、これまで、殆ど気にしなかった世界に巡り会う機会が倍加した。ファド以外には、バッハ、モーツァルト、ベートーベンの三人だけで千枚を超え、他のジャンルでは米国や欧州のジャズが多かった。カナダの孤高のピアニスト、グレン・グールドが弾くバッハは、出版された全ての作品が揃えてあった。資料の整理に飽きて、冷房が効いた試聴室の窓辺から、目を瞑り、心で枯れ木を眺めながら聴くシューベルトの歌曲は、寒冷な生誕の地オーストリアを連想させ、澄み切った冬の日に孤独な旋律が木立の間を這い、戸外一帯に響き渡る。

十近くの言語で表記された読み取りが難しい、多過ぎるレコードに阻まれ、本業の合間の、音楽辞典で確かめる調査は捗らず、当初の安直な思惑が外れ、完了までに一年の期間を費やした。整理の仕方は、無作為に一枚一枚番号を振り、作品の主要な部分を翻訳して入力し、ジャンル別、作曲家別、作品別などの検索を可能にしたものだ。試みに、ファド関連を検索すると、その数は優に三百枚を超えていた。出版の点数が少なく皆が顧みない音楽を、異国の地にあって、よくもここまで収集したものだと、我ながら感心した。この調査により、アマリアの出版物の多さに驚かされ、ファドに対する彼女の功績の大きさを改めて認識する結果となった。

地道に作業を積み上げれば物事の本質に迫る収穫はあるが、懸命に費やした労力が、必ずしも意に沿う結果を招くとは限らない。あるとき、日常の裏庭を掃き清める作業により、枯れ葉に埋もれた、予想もしなかった赤裸々な人の姿に出くわした。手順通りの作業の結果、忍び難い悲しみを見てしまったが、掃き集めた落ち葉を燃やす境内には、諦めて、苦しみを受け入れる私がいた。結果が意に沿わないからと拒否しても、現状を変える力は些かも生まれない。今回の調査により、社会の表に現れたアマリアのファド史に残る業績の大半を摑んだものの、静寂に被われたセグレードの本体には辿り着けなかった。

ポルトガルの遠方の台北の地で、なぜ、寝食を忘れファディスタ、アマリアの研究に没頭するか触れておきたい。作業が渦中に入ると、詳細の探求に適した方法が無力になり、分析対象の本質の見分けが不分明になることがある。そんなときこそ、一息入れて現場を離れ、詳細過ぎる経緯を俯瞰することが必要だから、ときおり、リスボンを離れ、ファドとは縁がない台北からアマリアを見ることにした。詳細を極めるには現場に近く、全容を俯瞰するには現場から遠ざかるのが理に適っている。台北から、ファドを俯瞰して何か収穫があったのか。それは、深みに嵌(は)まった現在を省みて、ファド史やリスボンの社会構造を意識し、欧州大衆音楽の全貌から未来を見通すという基本に立ち返り、肩の力を抜き、当たり前の視点を重視するべきことがわかったことだ。

古典音楽を指向するリスボンの上流社会から、低俗な歌謡と忌み嫌われたファドは、社会の底辺に鬱積する庶民の感情を代弁し、男と女の物語を脈々と歌い継ぐ大衆の音楽だ。音楽の生まれた環境はタンゴと共通するが、アルゼンチンは、かつてスペインの植民地だから繋がりはない。また、ポルトガル領だったその隣国ブラジルの陽気なサンバとは、言語的な繋がりはあっても内容が全く似ていない。サンバの核心は、南国の陽気なリズムにあり、ファドを生んだ旧宗主国の風土から些かも影響を受けない。イベリア半島の最西端の海洋国ポルトガルのファドは、日本の演歌のような節回しに独特の小節を利かせ、海での生業（なりわい）を背景にした、土着の感性が付着する大衆の歌謡だ。フラメンコ、シャンソン、カンツォーネ、タンゴなど、生活に根差し民族の感性が溢れた音楽に較べても、十分練り込まれ、熟成したサウダージが生み出すファドの個性は劣らない。

　弱小民族の屈折した感情を内包するファドは、泥臭く、現代欧州の洗練されたポップスに変貌するパワーは些かもないが、馨しい色彩を醸し出す小国ポルトガルに、小綺麗に着飾り、ゆるりと佇む姿は何ものにも代え難い。来る日もまた来る日も、淡い西日に揺らぐサウダージに深入りし過ぎて、進むも退くも、もはや道は平坦ではない。

　台湾に、ファドを聴かせる酒場はあるだろうか、とふと思う。この地でファドを求める人はどう考えても異端だし、ないものを欲しがる歪んだ執着心に捕らわれ易い、柔らかい心に欠ける人かもしれない。台湾では、ファドを求めるのは諦めて、レコードを聴くだけに留めた方が無難だろう。大陸の洗脳を免れ、台湾にしかない音楽を探そうとしても、現実は、テレサ・テンやその系譜を引く大衆歌謡に圧倒され、素朴な土着の本物は山岳の中腹に追いやられ、少数民族と共に首をすくめているのが実情だった。どうしてもファドを聴きたいならば、南方のÀomén（澳門（マカオ））にまで足を延ばせばいい。ポルトガルの植民地だったマカオなら不定期な演奏はあるというから、運がよければ聴けるかもしれない。後日、詳しく調べたら、足下暗し、ファドは意外にも東京で聴けた。日本人の歌い手の歌唱の水準はわからないが、ファドという少数派の音楽に意識的に近づく人たちだから、外面を真似るだけでなく、サウダージのツボは最小限押さえていると思いたい。近いから、そのうち私も出向いてみたい。

●

アマリアは、今このとき、地球の裏側で何をしているだろうか。自分で調理したバカリャウを肴にして、別れた夫と一緒に、赤ワインでも飲みながら夕食を楽しんでいるのだろうか。決定的なダメージがないかつての夫婦ならば、日ごろ、全く接触がないはずがない。一方に悩ましい問題が生じれば、他方がまだ拘束を受けない身なら、なおさら相手に耳を貸しても不自然ではない。そのころリスボンでは、

「僕の次の選挙は、知名度の高い君の応援がなければ危ない」

元の夫は話の口火を切った。

「あなたは、わたしが稼いだ全ての財物を奪い、今度は何をして欲しいのですか。わたしの心身は干からび、もう絞り出せる何の力もないわ」

元の夫は、切実に訴えるアマリアの言葉を遮り、自分の都合を押しつけて話を続けた。

「次の選挙は、僕の死活の問題なんだ。君も承知のとおり、ＥＵ（欧州連合）に加盟する各国が難しい経済事情を抱えている昨今、我が国への多くの支援を望めず、国内の政情はひどく不安定だ。荒波に晒される中、派閥の離合集散が予想され、僕の立場はこれまでになく危ういのだ。今回も、君の応援をお願いし、ライバル共に圧倒的な勝利を見せつけたい」

と、大半の財産を奪い取ったかつての妻に対して、恥も外聞もなく、破廉恥にも深々とこうべを垂れた。頭の中には自分の利益しかない、ずる賢い外面だけの夜の男に、彼の国の未来が委ねられるとは、他人事ながら何ともやるせない。

ポルトガル共和国の立法府『共和国議会』は、リスボンの南端テージョ川に程近い、サン・ベント宮殿の中にある。一九三三年から一九六八年まで政権を担った独裁者、アントニオ・サラザールは宗教色の濃い政治家だった。その権力が長続きしたのは、時宜を得た財政政策を展開したからだ。さて、現代のポルトガルに目を移せば、国内経済の不調により、多くの若者が故国を去り人口の減少が続く。ＥＵからの制約を受ける下で、困難な国内の経済を立て直す彼の国の政治の舵取りは難しい。

ふたりは離婚して、すでに四年が経った。アマリアは、前回の選挙では選挙カーに上った。行く先々の黒山の人だかりは、言うまでもなく、ファドの歌い手アマリアを見たさに集まった人たちだった。古びた酒場のステージを思わせる、選挙カーと聴衆との絶妙な距離感も手伝って、微笑みながら呼びかける彼女の謎めいた美貌は群を抜き、夫に投票を促したのは間違いない。応援の演説は、彼女がファドの歌い手としてステージに立つ延長の類いだったが、数多の群衆の中に、偶像化された彼女の心に分け入る者は、当然ながら一人もいなかった。元の夫との関係をこれ以上思い患っても、ただ疲れるだけで一文の得にもならない、この辺で打ち止めにしよう。酒場から直行してすぐ休めるように、家の鍵は預けたままだから、抜け切れない昨夜の疲れを抱え、もしかして、いつものうつ伏せの寝姿でベッドに横になっているかもしれない。

靖婷は、私がアマリアの情況を思いあぐねている間、削り落としたばかりのスペイン産の生ハムを美味しそうに口に運び、リスボンでも産地の異なる二本の赤ワインで喉を潤していた。私は、靖婷にアマリアを重ね、夕刻近いリスボンの、淡い西日が照らすレンガ敷きの坂道を思い浮かべ、うとうと眠りかけて呟く。

「靖婷はアマリアの傀儡か、アマリアが靖婷の傀儡か」

今は、慌ててその答えを求めず、もう少し時間をかけ、運命に導かれた来たる日に、残された命の力を振り絞り自分自身が決めればいい。食事の後、靖婷が点てた烏龍茶を楽しんだ。台湾の烏龍茶は、向かい側に対峙する中国随一の烏龍茶の産地、福建省の茶とは、気候が異なる影響からか幾分味が違う。台湾産は何よりも、爽やかさとまろやかなコクとのバランスがよい。苦みのある一杯目を捨て、二杯目から味わうのが常道だ。台湾の茶芸は、美味しく点てるだけの大らかなものだから素人には馴染み易い。何処かの国のように味わいの妙味を二の次にして、堅苦しい形式に捕らわれ門弟に奥義を開陳しない茶道ならば、人を惑わす衒学（げんがく）であり、また本末転倒でもあり、その味わいは薄い。

「靖婷の点てるお茶は、相変わらず美味しい」

お世辞ではなくありのままに褒めると、「Xièxie（謝謝）」と、屈託のない笑顔を見せた。その笑顔は些かも取り繕（つくろ）った様子はなく、茶芸のように大らかなものだった。

ある日の昼下がり、気分を転換するため、久々に靖婷に伴われ街中に食事に出かけた。台北一の高層ビルで高さ五百九米の『台北一〇一』では、群れをなす大陸からの観光客の一団にぶつかり展望台に昇るのを諦めた。仕方なく、下の階にあった西洋料理店の一軒に入り、いつもの外食と同じように生ハムと赤ワインを注文した。賞味期限が切れたような生ハムの鮮度は悪く、ブレンドした赤ワインは混ぜ物のきつい味がした。上辺だけの味を真似しても、真の中身が伴うまでにはそれ相当の時間がかかる。東洋の小島フォルモサ（麗しの島）にワインの文化が根づくには、もう少し、ときを待たねばならないが、地酒の老酒（ラオチュー）なら、今すぐにでも一級品として世界に通用する。通ぶって酒の文化を講釈しても、現場の嗜好に敵わない。ワインも老酒も結局一緒で、ファドが辿った没落の歴史のように、皆が受け入れる品々が少数派を排除していく。

リスボンの冬の夕暮れに、今日のように、街中の西側に傾斜したレンガ敷きの凸凹(でこぼこ)した坂道を、夕焼けが穏やかに照らすことは珍しい。冬の日に、急変するリスボンの空模様は、日本の梅雨が冬にあると喩(たと)えればわかり易い。気温の下がる冬の雨は大地を潤しても、急激な気圧の変化が生じて体調を崩しやすく、寒がりの私にはひどく耐え難い。

夕刻は、何処の国でも生活の色合いが濃い時間帯だ。重そうな買い物バッグを抱えた女性たちが行き交ったり、沢山の人を車内に押し込み狭い坂道を上り下りする路面電車と、ようやく擦れ違う車輛の動きは、手慣れた曲芸でも見ているようだが、忙しさの中にも人を押しのけ我先にという慌ただしいダメ押しはない。坂道で擦れ違った、こざっぱりとした身なりの老婦人と挨拶を交わした。

「余り見かけない顔だけど、何処から来たのですか」、私に関心を寄せる。

「Japão(ジャポン)」と答えると、久々に懐かしい旧友にでも出会ったかのように、そして少女のように好奇心たっぷりと親しみを込めた眼差しで、真っすぐ異邦人を見つめた。

「今から何処かに行くのですか」、すっかり打ち解けた声音でゆったりと問いかけてきた。

「少し、近所を散歩しているだけです」

「お近くなの」

「はい」、片言のポルトガル語が続く。

「それなら一緒に、港の市場に行きませんか。何か好きなものがあるかもしれませんよ」と、誘われた。

どうせ、今日は何の予定もないから、

「連れて行って頂けますか。お願いします」と応じて、長年連れ添った夫婦と見間違うほど親密に寄り添って、レンガ敷きの坂道を下って行った。

ゆっくり歩いても十分ほどで着いたリスボンの港の市場は、台北の市場と似たような喧噪さだったが、雑踏をかき分け我先に買い物をする人を見かけないのには、少しばかり新鮮さを感じた。店頭に並んだ品々は、魚も野菜も台湾とは大きく異なっていたが、やはり漁業が盛んな海洋国らしく、観賞魚のように彩りの鮮やかな魚たちが所狭しと並べられていた。忙しく働く店主の傍らには、前足を頭の先まで伸ばしゴロゴロ喉を鳴らす猫が寝ていた。

リスボンは、私が熟知する台北と何処が違うのだろうか。台北の人口は、隣接する桃園を含めると約五百万人だが、リスボンの市街地は僅か五十万人に過ぎない。街を行き交う人の数が一桁違うから、一方は、大陸ほどではないが雑踏をかき分け我先に争って生活するし、他方は、先客の買い物が終わるのを余裕を持って待ち、人を押しのける忙しさは全く感じられない。中華と西洋とは、靖婷とアマリアとのように凸凹を埋め合って均衡が図られ、私を離さない秀でた個性に溢れ、双方とも簡単には手放せない。喧噪と静寂とを交互に訪れたいものだ。

品揃えの違いに興味を抱いて、四方をキョロキョロしながら買い物が終わるまで付き合っ

ていると、

「よろしかったら、今夜は拙宅にお出で下さい。二日間塩抜きした乾燥鱈でバカリャウを作りますから、ご一緒に如何ですか。今では主人とふたり暮らしなので遠慮はいりませんよ」

と、丁寧に誘われた。

「よろしいんですか。見ず知らずの私がおふたりの間に入って、お邪魔じゃありませんか」

と、気を遣いつつ応諾した。

　異国で受けた、ポルトガル人の人なつこい親切が嬉しかった。老婦人の後を追って訪問したお宅は、私の家から坂を上がって三つ目の十字路の角にある、歩いて五～六分のご近所だったが、今回、リスボンに来てふた月が経つのに彼女と行き遭うのは初めてだった。

　老婦人のバカリャウ料理は、前処理に炒める作業があるが、炒めものというよりは煮込み料理という方が相応(ふさわ)しい。初めて味わう煮込みのバカリャウだったが、食べ慣れた炒めものとはひと味違い、また見た目にも別の物に近かった。主な材料として塩漬けの乾燥鱈を使うものだが、味わいの全く違うバカリャウに出会い、工夫を凝らしたポルトガルの家庭料理の懐の深さに感心させられた。

　私は、食の嗜好に偏りがないから、洋の東西を問わず大概のものは美味しく食べる。特に、変化に富んだ油を使った料理が好きだ。淡泊な味を好む日本人にとっては不本意だが、世界の料理は油を使う料理が大半だ。油料理が日本に普及したのは、比較的遅く、中華料理の影響を受けた明治の中ごろからであり、戦国時代にポルトガルから伝わった天麩羅（テンプラ）とは関係がないらしい。世界には、醗酵食品も数が多く多彩だ。冷蔵庫などない時代、食物の保存方法と言えば塩漬けか醗酵だった。醗酵は、食品を保存するだけに留まらず、原材料を美味しい食物に変化させた。多彩な食品を生み出す各地に生息する醗酵菌はまさに神の手であり、チーズやヨーグルト、納豆や中国の臭豆腐（しゅうどうふ）は、地域の食生活には欠かせない。腐ったと思った食物を、空きっ腹に我慢がならず食べたところ、腹も壊さず未体験の美味しさだったとしたら、人にとってそれ以上の幸せはない。ポルトガルのパプリカを使った醗酵調味料『マッサ』をパンに塗った朝食は、バターとはまた違う格別の味わいがある。明朝も食べようと思う。そう言えば、先だって招待された老婦人宅の食卓には『マッサ』が置いてあった。

●

日中のリスボンに、多少なりとも煩わしい都会の喧噪を感じても、それは、日本とは比較にならない穏やかさがあり、ボロ車が埃を巻き上げて砂利道を走る、昔日の懐かしい風景を思い出した。時間の進みが緩やかな夕暮れの景色から、そのまま静かに耳を澄ませば、今や歴史の中枢から退場した弱小民族が、久しい間地の底に潜伏し、ときおり、思い出しては、恐る恐る地上に首を出す大衆の鼓動が、ポルトガルの何処からか、異邦人の心にどすんと響く。叱られて親の顔を窺う子供のように不器用で、捨てられて親の慈愛を知らない子供のように屈折し、[illegible]聴して、鈍重なその鼓動こそ、リスボンの夜に囁くファドの母体だった。

　夕日は、すでに大西洋に沈み、夜の帳が降りたのに気づかずにいたが、開演前にざわめく古びた酒場の奥のテーブルには、早めの夕食をとるアマリアの姿があった。彼女の今夜の食事は、ソーセージと緑黄野菜の炒めものに、コーンスープとお米だけの質素なものだった。肩肘張らず、客席の片隅で食事をとる飾らない庶民性は、日ごろのありのままの姿だったが、それは、些かも生い立ちを映さず気品に満ち溢れていた。外観を繕うだけで中身がない別れた夫のような連中は、目一杯の虚勢を張り、本人も気づかずに人との関係に多くの労力を注ぎ疲れ果てる。虚勢は、本人の都合による見栄であり、交わる相手への思いやりはひとかけらもない。見栄は、地下深くまでしぶとく根を張り、いくら抜いても際限なくはびこって、疲れたからやめたいと思っても、人生の途中で歩む方向を変えられない。日ごろ、かつらを愛用する禿げの男が夏の猛暑に音を上げて、堪えられないからと外せるか。本当は、禿げは禿げで格好はいいが、本人にその価値が見えなければ処置の施しようがない。

　私は、休憩中のアマリアのテーブルに移った。

「いつからこの酒場で歌っているの」と尋ねる。

「外国人が少なかったずっと昔から。わたしは、ファディスタとしてはリスボンでは古株なのよ」

はきはきと答える今夜の彼女には、ファドから放たれる物憂さは些かも感じられない。夕刻から幾分時間が経ったが、話し方の調子から、今夜はまだ酒を口にしてないようだ。ときおり、飲酒の後に見せる、久しく溜め込んだ煩悶を一気に吐き出す饒舌(じょうぜつ)さはまだない。傍らを通る馴染みの客からの挨拶に、滅多に見せたことがない寛いだ笑みを浮かべ、ひとりひとり丁寧に応対していた。屈託がなさそうな姿からは、生い立ちに影響され苦悶する心の表情は感じられない。アマリアが、寛いでいる姿を見るのが嬉しくて、今夜のファドが格別待ち遠しい。その中に、私の好きな『かもめ』はあるだろうか。

1羽のかもめが

飛んで描くデッサンの中で　わたしに

リスボンの空を運んできてくれればいいのに

…………

人生にさようならを言うとき
空のすべての鳥たちが
あなたの最後の眼差しを
わたしに形見に残してくれればいいのに

…………

と歌を催促し、歌詞を口ずさむ私を見てアマリアは微笑み、また語り続けた。

「もちろん、月に何度かは演奏会で歌ったり、ときには、スタジオ録音の仕事があるのよ。でも、わたしは、昔からの知人が多いこの酒場で歌うのが一番好き。幼いころの覚えはないけど、懐かしい我が家に帰ってきた気分になれるの」

　ファディスタとして世間に名の知られた一流のファドの歌い手が、場末の酒場で歌う姿は見たことがない。彼女が離れ難かったのか、古びた酒場が離さなかったのか、よくわからない。人には、その人だけの寛ぎの抽斗（ひきだし）がある。一日が終わり、レコードに置いた針に導かれ、鳴り出す音に一瞬身震いし、あ〜あ、と喜びを感じるのは私の寛ぎのひとときだ。命を永らえる寛ぎは、逃げても追って来る日々の緊張と背中を合わせて存在し、次の日には、また、緊張と弛緩は交互にやって来る。慌ただしい事案の渦中にあるとき、緊張を回避することだけに捕らわれがちだが、心の仕組みを理解し精確に対応する人は少ない。緊張から解き放された途端、生じた緩急の落差を受け止め切れず病に伏す人もいる。古びた酒場のステージに立つことが、アマリアの寛ぎの時間だとわかっても、背後に隠されている、心の秘密に通じる緊張が何かはわからない。

　アマリアは若くは見えても、古株ということはそれだけ年齢を重ねて来たわけだ。薄化粧の下には、目尻に寄った幾筋かの細かな皺（しわ）と、目の下にできた小さな隈（くま）が見て取れた。気づかれないように目を逸（そ）らし、昔日の、彼女の顔立ちと姿形を思い描いた。今でも保たれている均整のとれた細い体と端整な顔立ちは、さらに若さで引き締まる。積み重ねた経験が醸し出す某（なにがし）かの社会慣れした物腰以外は、陰影のある雰囲気は変わらず、その姿は、研ぎ澄まされた刃物を懐に抱く心の定まらない詩人に喩えられようか。もう少し若いころは、やはり、生い立ちの影響は拭えず言葉数は少ないものの、元々、本人に内在する好奇心に溢れた瞳を輝かせ、その所作のひとつひとつが、衆目を集める少女だったに違いない。人が抱える条件がどうあれ、時は容赦なく過ぎて行く。身の回りの喜びや悲しみは、細部にこだわる本人の気持ちを無視し、少し待ってて、とすがっても別れの挨拶を交わす暇（いとま）をも与えず、沈黙したまま素通りして行く。

　今晩の寛ぐ姿とは裏腹に、近ごろ続くアマリアの沈んだ表情は、元々、際立つ孤高の表情に輪をかけて沈降し、それも抑制的に見える。誰も口を差し挟めない、暗い色彩を帯びた冬景色の中を歩き続け、今では、滴るべき涙は心の泉から涸れてしまったのか。涙が涸れても、人はなお生き続ける。朝起きれば顔を洗い、美味い不味いの感想もなく食物を口にし、怠りなくその日の作業を構想し、鏡の前で服装を整え慌ただしく家を出る。その反復が人の生であり、是非はない。生を繋ぐのは命の力次第であり、他人の助言は有効だとしても、結局、犬猫の生殖と変わらずやりたければやる、生きたければ生きる、それが、生き物のリズムだからジタバタしても仕方がない。是非はない日常の反復により不要なものは切り捨てられ、徐々に中身が整えられ、抱えた苦悩とは一定の距離を置き本人の揺るぎない個性が定着して行く。こうして誕生した個性が、善くも悪しくも、アマリアのサウダージの根幹をなすが、それは、不安定そのものであり、今後とも明日へと生を繋げる力になれるかは不確かだ。

●

その夜の歌い始めは、私の催促を受け入れ、やはり『かもめ』だった。知らぬ間に、靖婷の影響を受けていた私は、店主を煩わせることなく、糖度の高いポルト産の赤ワインを止めてリスボン産を注文したせいか、今夜は、いつかのように私の嗜好に難癖をつける酔客はいなかった。周囲はもうすっかり暗い。酒場を出たら、レンガ敷きの坂道をうっすら照らし出す街灯に導かれ、夜の海辺へ下って行こう。昼間飛び回っていたかもめたちは、暗い海で何をしてるだろうか。波間にプカプカ揺れ動き、ゆっくりと羽根を休めているだろうか。あるいは砂浜に上がり、宿り木に止まって寝入ってるだろうか。そういえば、夜中に休息して安らいでいるかもめを見たことがないのはどうしてだろうか。

薄暗い曖昧(あいまい)な光を放つ赤色灯が、夕暮れの景色を引き継いでいたひととき、歌の合間の休憩に戻って来たアマリアが隣に座っているのを気づかずにいた。

「わたし、生まれて来る時代を間違ってしまったの」

突然語りかける声で、また、薄暗い古びた酒場に引き戻された。

唐突な語りかけに戸惑いつつ考えを巡らせた。どの時代なら受け入れるというのだろうか、山腹の教会に立て籠もり、神の使者として聖書に読み耽る、苔むした中世の日々に帰りたいとでも言うのか。真意は明かされないが、語るべき相手がいない少女のころから、他人との軋轢（あつれき）を避け、万事曖昧に妥協し、この世を生き抜いて来た自分に頷いて、仕方なく、諦める意味が含まれていたのだろうか。或いは、それほど深読みしないで、現状に適応し切れない人の単なる言い訳と受けとめるべきかもしれない。

　幼いころ形成された性格は、老年期になっても変わらない、『三つ子の魂百まで』との言葉は、流転する魂に共通する、育ちの在り様を見れば疑う余地はない。外面が成長しても、子供の心に染みついた色彩は終生変わらないから、幼な子には決して暗い世界を覗かせてはならない。成人し、進退が窮まったとき、生物として培われた理に適った命の力が顕在化する。潜在する、過去に見た暗い色彩が動き出し命の力を削ごうとするが、右か左か、道筋の分かれ目は扶養された者からの愛情の濃淡か。アマリアには、少女を愛する祖父がいたのは救いだったが、僅かな期間を過ごしただけだから、なお癒されない不足があったのかもしれない。

「どうして間違えてしまったの」、との問いかけは何と愚かしいことか。

　彼女が確かな答えを持ち合わせていないのは、見聞きした言動からわかっているではないか。愚かな問いかけに恥じ入っている暇もなく、問いかけとはおよそかけ離れた答えが返って来た。

「よくわからない。ただ、神様は呼びかければ、いつでもわたしの側に来てお話ししてくれるのよ」

　私の問いかけなど上の空で、すっかり自分だけの世界に入っていた。確かめのため、恐る恐る『お話し』の内容を聴く。

「『私はアマリアの側にいるから安心しなさい。困りごとがあれば、いつでも私を呼びなさい』と、励ましてくれるわ」

　もし、神様の語りが本当ならば彼女は、呟く言葉に含まれた、防いでも指の間からこぼれ落ちる重苦しい真実を確かには理解せず、無意識に何かに置き換え救いを求めているような気がした。

　アマリアが祈る神とは一体誰なのか。常識的に、イエス・キリストなら順当だが私にはそうは思えない。詮索しても易々と真実には至らないが、ファドを歌えない寒々とした礼拝堂の片隅に座り込み、オーストリアの落ち葉が舞い飛ぶ冬木立の隙間から聴こえて来るシューベルトの歌曲に誘われて、もしかして、願いが届かないのを知りつつ天に向かい手を合わせ、三歳のとき病死した父親を呼んでいたのだろうか。

　ある夏の礼拝日の昼ごろ、ふたりの間合いの取り方に悩む私を見かねたアマリアに誘われて、ロカの岬に小さな旅に出た。リスボンから列車とバスを乗り継いで片道二時間弱の行程だった。岬に着くと、夏なのに西方から絶え間なく海風が吹きつけ、少し肌寒かった。ユーラシア大陸の最西端、ロカ岬に立ち、眼下の断崖に打ちつける白波からゆっくり目線を上げると、前方には、その彼方が落ち込んだ大西洋が広がる。暫く眺めるうちに、故国の作家の旅行記を思い浮かべた。作家は半島の先端に立ち、北方を見つめ、

『ここは、本州の袋小路だ。読者も銘肌せよ。』と、注意を喚起し、続けて、

『諸君が北に向って歩いている時、その路をどこまでも、さかのぼり、さかのぼり行けば、必ずこの外ヶ浜街道に到り、路がいよいよ狭くなり、さらにさかのぼれば、すぽりとこの鶏小舎に似た不思議な世界に落ち込み、そこに於いて諸君の路は全く尽きるのである。』と、記した。

　半島の先は絶望だが、岬から望む大西洋は故国の海峡よりはるか遠くまで欲張りにも手を伸ばし、希望と絶望が入り交じる。

　ロカ岬は、津軽半島よりはるかに戦略的だ。絶望より希望が勝る合理性に甘ったれの情緒はなく、蛮族に『種子島』の銃口を突きつけ、その勢いは、かつて世界の大半を支配した。そして今、他の国に打ち負かされ、イベリア半島の片隅で細々と生活する者しか歌わない、銃口に怯えるやるせないサウダージは、西洋の僻地、ここポルトガルにしかない。

「ロカの岬は、いつ来ても変わらないわ。何処のステージに立っても、海風を頬に受け、この岬で歌っているつもりなの、わたし」

　聴衆には明かされない、アマリアのサウダージの秘密のひとつは、彼女が抱える個人的な

問題から離れ、欧州の片隅、ポルトガルの風土と歴史にどっしりと根づく、より普遍的で広がりのある世界だった。その広がりは、岬の先端に立ち、海風に巻き上げられた潮の香りを、正面から頬に受けなければ感じられない、古びた酒場に繋がる特別のステージだった。この小旅行により、彼女の歌の秘密の一端が風荒(すさ)ぶロカの岬にあることが明かされた。育まれた環境が、どんなに寂れたものでも、体に染み込んで馴染んだ故郷の香りから逃げ切れない。この、特別のステージは、ポルトガルが彼女にもたらした頗る重要な舞台装置だったが、それは単に、セグレードを解き明かす入り口を見つけ出しただけに過ぎない。ベールに被われ、海底の深みに沈み込む公の人、アマリアの秘密に一歩でも近づき、誤りなく解析するのは、今や、彼女に最も近い私の責務でもある。

　吹き荒ぶ海風に髪が乱れるアマリアの幻影に手を引かれ、私は何処へ行こうとしているのか。それは自分の望みなのか、ひととき血迷って情緒に流されているだけなのか。ためらって悔やむより、魅せられて夜ごと放埒(ほうらつ)の限りを尽くし果てようが、その先を追い求めるのが、今日まで貫いてきた流儀ではないか。どうでもいい、なるようになれ。当面は、アマリアの、防いでも指の間からこぼれ落ちる重苦しい真実を確かには理解せず、無意識に何かに置き換え救いを求めている、もしかして、父を呼んでいたかもしれない、心の叫びを解き明かすことが先決だ。

　小学のころ、母に連れられ、易学に見識のある高僧に手相を見てもらったことがある。

「息子さんは、女に惚れ易く軽々に翻弄され、どんなに高い地位に就いても全うすることは危ういから、この性向を肝に銘じ、大人になったら女性との関係は自重するように諭しなさい」

後々、何かの機会に、母から聴いたその言葉が耳元から離れない。そして今、諭しの言葉は哀切のサウダージに誘われ、異国の情緒に流されてふわふわと宙に浮く。我が身が朽ちて、ごみ捨て場の片隅に埋もれても、仕掛けられたセグレードを解き明かさずに、この世に生きる価値があるか。

●

冬のある夜、寝入ろうとしたとき、首まですっぽり布団を被ったアマリアは、辛うじて聴き取れる小声で少女のころの話を始めた。

「祖父は毎日、自転車の荷台にわたしを乗せて、街中の学校まで送ってくれたの。お弁当も作って持たせてくれた」

「よかったね」

「凸凹の砂利道を走るので、自転車の荷台が堅いからお尻がとても痛かったわ」

「それは大変だったね」と、ただ聴き役に徹する。

「お弁当のおかずは、裏の畑で採れた野菜が多かったけど、すごく美味しかった」

アマリアの、心の闇を強く意識し始めた私は、夜半小声で紡ぎ出される話の中の、秘密を探し当てる手がかりが埋もれた物悲しい思い出を、漏らさず、記憶に留めようとひたすら聴き続けた。暗い色彩を帯びた秘密は、別れが来るその日まで自分ひとりで抱えようとしたが、負担に堪え切れず、夜ごとうなされ、口走る日々が続く。漏れ聴こえた微かな言葉は、やがて来る、ステージに立つ執着が薄れる前に、増幅された小節の利いたファドの歌声に変化し、積年の思いが託された。いずれ、その歌声も、水がザルの網目から漏れ落ちるように、ときの経過に伴いサラサラ流れ消えて行く。

「毎日、お尻が痛かったの」と、繰り返し囁いた。

祖父が作った弁当を持って通学した思い出は、子供のころの、恐らくただひとつの幸せだった。もし、幼い彼女の傍らに祖父がいなかったらと思うと、ぞっとして目を背けたくなる。そのときは、微笑みはより輝きを増し、惜しげもなく周囲に振り撒かれるだろうが、心の起伏を用心深くひた隠し、洗練された物腰は一皮剝けば能面の冷ややかさを内に備え、周囲の空気がピンと張り詰めた、近寄り難い女になっていたかもしれない。

もし、死相が漂うアマリアだったら、冷たい肌に触れるのを怖がって、手を伸ばすのをためらっただろうか。十字架が見つめる閉ざされた教会の門前で、外聞を憚ることなく、嵌められた抑制をかなぐり捨て、ファドの調べに浮き沈み、手を取り合って死の坂道を転げ落ちて行く。追い詰められて、夜ごと、これでもかと、唯一無二の存在を求めて止まなかったに違いない。

「アマリア、私の手を引いて何処へ行く」

呟いても何の返答もない。

「私の手を引いて何処へ行く」

再度の呼びかけも、SP盤のノイズに邪魔され、彼女が放つ微かな信号の中身は不確かだが、微弱でも、応答があるのを確かめられてほっと一息入れた。アマリアは、モールス信号に似た規則的なリズムで打電して来るが、受信の状態が悪く始終途切れるから、仕方なく、前後を繋ぎ合わせ静まり返った心に想いを寄せ、訴えの大意をつかみ取るしかなかった。無意識に呟く心には、解き明かしが難しい映像が、人影のなさに油断して、隠されもせず途切れ途切れに映し出されていた。呼吸のため、両生類が地上に顔を出す、増幅された信号の一瞬を狙い、僅かでも、彼女の心の陰影を覗ければ幸いだ。

祖父との思い出にひとときの安寧を取り戻したのか、アマリアは、年老いた私の体に、手をつけられた跡がない真っ白な裸身を、少女が人目を気にするように密やかにゆっくりと寄せて来た。その夜は、心に纏うすべての抑圧をかなぐり捨て、身悶えしながら激しく体を押しつけて来たのは、もはや、この世への思い残しはないと覚悟したからか。人里離れた空間に、堆積された沈鬱を渾身の力を振り絞り抱き止めたが、どうあがいても、差し伸べた手が暗い色彩に被われたセグレードに届いた感触はなかった。

　ひとときとは言え、心置きなく触れ合ったのは私が異邦人だったからか。馴染みがない顔立ちのファド好きの東洋人ならば、封じられた日ごろの悩みを吐露しても、気遣いがなくて済む恰好の相手だ、と安堵して気を許したのか。安直な交際の相手であっては欲しくないが、本当のところ、人の気持ちはわからない。もう少し耳を澄まし、打電される心の信号を聴き取って、前後の脈絡を考え繋ぎ合わせてみよう。

「本当は、わたしが背負う重荷の半分を、あなたに代わって欲しかった。でも、よくよく考えると、その重荷はやはり、わたし自身が背負うべきものなの、子供のころからひとりで……」

　五百年前、ザビエルも集ったであろう、イエズス会の歴史を支えた教会の太い柱と柱との間から、信号ではなく、一語一語はっきりと語るアマリアの声が聴こえた。

「わたしが死んだ後、永遠に重荷を背負い続けるあなたを見るのは堪えられない」

「私のことはどうでもよい。なぜ、片方でも肩の荷を下ろし、楽になれないのか」

　アマリアと出会って以来、幼い子には決して覗かせてはならない、心に染みついたら二度と消し去れない、無意識の中に存する、暗い色彩を帯びた荷物が詰め込まれた命の負債を、痛々しく背負う姿を見つめて来た。アマリアの本音が見え隠れする今、この千載一遇の好機を逸してはならない。

「肩に食い込むその重荷を下ろし、亡きママの代わりに、私という恋人の側に留まればよい」と訴えた。

もしかして、その重い荷物は、新しい慈愛が古い色彩に勝れば、現実という社会の中で解決し得るのではないか。

「今は、その先を慌てずに、一旦、心身の動きを止めなさい。理に適った重荷の処理をするから任せて欲しい」

行く末の不安に押し潰されそうになる。

「支えるためなら何でもする、暗くて薄汚い空洞の中に、ひとりにして置き去りにしないから」と、閉ざされた心に手を差し伸べて呟いた。

ひとつずつ、丁寧に沈黙をたぐり寄せれば、手の施す術がないような絡み合った苦悩でも、過去と現在とを繋ぐキーワードを探り当て、望むものに程近い結果を導き出せるかもしれない、と落ち着きがなく何にでもすがりつく。

●

小声で紡ぎ出された寝物語には、祖父との登下校の思い出の他に、待ち焦がれた、年に一度しかない母との集いがあった。忽ち過ぎ去った夢のような時間を、母とどう過ごしたかは覚えていないと言う。常日ごろ、求めても得られない幸せに子供心が揺れ動き、押し黙って甘えられない時間が刻々と過ぎて行く。クリスマス近くの母と集ったその日、屈折した思いを理解しようとその身に成り代わろうとしても、吃音症の子供が手を握りしめ、半身に構えた心の内に達するのは難しい。母親に甘えられない子供心を、偏屈で風変わりな子だからと決めつけて、転校を薦めた担任の教師に引き継ぐのは容易いが、それでは、抱えた苦悩は不問に付され、絡み合った糸は解けないし、汚物にまみれた空洞の実態は何ひとつ解明されない。子供心が揺れ動き、無言で過ごすしかなかった時間の中に、今日の、心の奥に居座る善し悪しすらわからない、神秘を解き明かす手がかりが必ずあるはずだ。

　アマリアには、母の手で育てられた種違いのふたりの妹がいたが、長じてから、金銭の貸借に絡む裏切りにより、ひとときの交わりは途絶え、今では一切行き来はないと言う。少女アマリアの寂しさを受け止め切れず、新しい夫と妹たちを選んだ母の墓は、普段、訪れる人も疎らな貧民街から程近い、大西洋から強い海風が吹きつける海岸沿いの小さな丘の上にあった。

　小学に入ったころ、母と集った年に一度のその日、終に堪え切れず、

「ママはどうしてわたしの側にいてくれないの」と、それまで押さえていた思いを口に出した。

　母は咄嗟の問いかけに狼狽し、捨てた我が子をじっと見つめ、口をつぐんで真相を語らな

い。まさか、年端(としは)のいかない子に対して、アマリアの死んだ父親とは違う新しい男に嫁ぎ、その夫と生んだふたりの妹を選んだとは口が裂けても言えない。事情はあったにせよ、母親は、自分の生んだ娘にもっと小まめに会いたい、という気持ちはなかったのだろうか。捨てた母も捨てられた娘も、その日を過ごせば翌朝にはもう悲しむ暇はなく、否が応でも、昨日までと同じそれぞれの日常が動き出す。人が死ねば、行き着く先に大差はないし、行きたくないと悪あがきしても、息遣いは細り、終に跡形もなく消え失せるから、思い煩う疲弊した姿を見るのはこの世に在る僅かなひとときか。クリスマス近くの母と集ったその日、

「ママはどうしてわたしの側にいてくれないの」

口に出したアマリアの呟きは歌声と変わり、リスボンの貧民街から流れ出し、西に向かって、遠くへさらに遠くへと、教会の鐘楼の鐘の音が鳴り止むように、ときを経て人の記憶から、徐々に細って行く。

高校に入学したころ、片道半日の時間をかけ汽車とバスを乗り継いで、三歳のとき病死した父の生家を訪ねたことがあった。ようやく捜し当てた生家だったが、待ち望んだ家人に会うのを気に病んで、遠くから家の周りを見ていたら、夕刻になり、最終のバスに間に合わないからと、結局、誰にも会わずに帰って来たという。生家は織り物を生業とする、門構えの立派な格式のある家だったらしいが、家人は、亡き父の他に嫁いだ元の妻が生んで捨てた子など、父が死んでよりこの方、一顧だにしなかった。記憶が少しもない父を慕い、本数が疎

らな乗り物を乗り継ぎ遠くまで来たが、血縁とは言え、見知らぬ人に会ったとしても、久しく空いた心の空洞を埋め合わせられるはずがない。それでも、父母の寵愛（ちょうあい）を受けたことがない話し相手のいない思春期の少女が、空しいと知りつつ癒しを追い求める営みを、無駄だから止めた方がいい、と軽々しく言えるはずがないだろう。

「誰にも会えなかったの。思い切って訪ねていれば、父さんの顔は知らないけれど、父さんに似た誰かに会えたかもしれないのに」

ひとしきり、ふたりで泣きじゃくった後、なおすすり泣くアマリアを静かに抱き寄せて、丸めた彼女の体から一枚ずつ着衣を剝がし、涙に濡れた生温かい花唇（かしん）を丁寧に左右に押し分け、慈愛を込めてゆっくりと挿し入れた。

「あ〜あ、アマリア、かもめよ。リスボンの空に舞い上がり、大西洋から吹きつける風に飛ばされて、まだ見たことがない遠い国へ行かないでおくれ、あ〜あ」

私は心の中で、荒れ地を延々とさ迷うアマリアをこの世に引き留めるため、必死になって呼びかけ続けた。これからの成り行きは薄々感づいていたが、もはや、人の手の及ばない辿り着く運命の行き先を、固唾（かたず）を呑んで見守るしかなかった。

A BAÍUCA
BAÍUCA
FADOS
FADO CASTIÇO

私が、首吊りに関心を持ったのは、他愛もない偶然の事情からだ。世の中広しといえども、何の切っかけもなく、首吊りに興味を抱く変わり種はいないだろう。リスボンの裏街に居を構えた六年前の冬、斡旋屋が私に薦めた物件は、格安だったが問題を抱えていた。その家屋は、アマリアが歌う古びた酒場から少し離れた、やはり、西側に傾斜したレンガ敷きの坂道に面した共同住宅だった。古びた酒場からは、遠からず近からず、小さな子供でも歩ける距離だった。その家を購入したのは、彼女と知り合う前だったから、立地を決めるに際して、彼女を引き寄せる意図は毛頭なかったわけだが、避けるべき痛ましい運命に手招きされ、軽々に自らも望みその家を購入した。アマリアと共有した喜びや悲しみは、その家から始まりその家で終わった。蜜月の期間を過ごしたその家は、恰も生き物のように、家に纏わる見ず知らずの事件を彼女に引き継ぎ、僅か三年の月日でふたりの関係を崩壊させた。人が住む用途しかないはずの住宅が、男と女の親密な接触に執拗に関心を持ち、生き物のように手を伸ばしふたりの行く末に干渉した。

「貴方のような、ものごとにこだわらないお客様に出会え、私は幸運でした。本当にありがとう」と、斡旋屋は長らく滞っていた物件の取引の進捗(しんちょく)を喜び、くどくどと私に礼を言った。

「もし、自殺があった事情を隠して成約しても、後々、その事実が判明したときは面倒です。この物件を斡旋した私は、告知すべき義務の違反になり、売買契約が解除されたり、ときには賠償金を支払うこともあります」

物件に付帯する重要事項は、斡旋屋が漏れなく説明することが法律で義務づけられ、自分はただそれに従っただけだから、とりわけ感謝されるべき話ではないと、黙っていればいいことをいちいち念を押し、説明したり礼を言う斡旋屋に、少しの煩わしさと生まじめな誠実さを感じた。

リスボンの旧市街地は古い共同住宅が多い。購入した共同住宅は、老朽化した四階建てのビルの三、四階にあり、比較的広い家だったがエレベーターは設えてなかったから、買い物をした荷物を抱え坂道を上って疲れたうえに、また、階段を上るのは慣れるまでひと苦労だった。新市街地にはもちろん、価格が高い現代的な高層住宅があり、最近は、売り出し価格が急上昇して来た。リスボンは経済の停滞に伴い、家賃の踏み倒しや夜逃げが増えたので、売り物件が多い割に、良質の賃貸物件は家主が面倒を恐れるせいなのか、少なかった。

その家は、前の持ち主が階段の欄干に紐を縛り首を吊った、いわゆる事故物件だった。首吊りの経緯は知る由もないが、持ち主の親族から示された売却価格は通常の半分以下だった。いくら安いとは言え、首吊りが発生した住宅はそう簡単には捌けないから、売り主は、私以外の人との何度かの交渉で売却の難しさを知っていたせいか、私の応諾を頗る喜んだ。逆に私は、低額であるのを奇貨として、ためらいなく首吊りの家を購入した。唯物論を標榜する輩も、ひんやりとした風が吹く夜半には、室内の階段を上り下りするたびに、死に切れない、首吊り人の息遣いを感じざるを得ないから、この家は、人となりの真贋の見分けには格好の踏み絵になった。私は、突然発生する物音に脅え危うく贋物になりかけたが、辛うじて、未だ馬脚を現さない。その物音は、恐らく、鼠の足音かコウモリの羽ばたく音だった。

　幽霊の姿を見たり枯れ尾花、という意味深い言葉がある。街灯がない時代夜道を歩行中、背後にざわめく物音を恐れ、一目散に走ったが逃げ切れずに倒れ込む。恐る恐る後ろを振り向くと、物音の正体は風に揺れるすすきのざわめきだったという、人の心のある種の反応を語ったものだ。真夜中に、未だ正体が不確かな、鼠の足音が突然コウモリの羽ばたきに変わったら、いくら豪気な人でも大概は身が竦(すく)むに違いない。

　この家の首吊りの経緯を全く知らないアマリアが、

「何となく、わたしの後ろに誰かがいるような気がするの。ときどき人の声が聴こえるわ」

と囁いたのは、鼠やコウモリの出現とは全く次元が異なる。それは不可思議な、そして留意すべき深刻なひとり言だった。

　何かを恐れるその呟きは、偶然の思い込みや勘違いによるものとは考えられないし、簡単に説明がつきそうにもない心の空洞の奥深さを感じさせた。霊感など信じないが、家に纏わる事情は私しか知らないはずだから、彼女の呟きが重くのしかかり、私から闊達さを奪ってしまった。目を見開き尻をつねっても酔いはないし、決して、加齢に伴う五感の衰えによる錯覚ではなかった。

「人間長く生きていれば、条理に悖(もと)る現象を見ることもある」と、結局、私は無理やり言い聞かせた。

だからといって、心霊現象なるものを納得したわけではない。この件は、伝聞ではなく自分の耳目で直に体験した、私の生物としての感覚、物の見方を根元から覆す出来事だった。知性と感性が交錯する夜が近くなり、存在を脅かす不思議な現象にじわじわ恐れ出し、アマリアが、後ろから人の気配を感じた、電灯が消され真っ暗な室内の一点を、息を深く吸い込みながら凝視した。

歌の中の『かもめ』は私の想いを受け止めて、密かに運命を手繰(たぐ)り寄せふたりを引き合わせた、と言えば不思議に聴こえるかもしれないが、これは心霊現象ではなく、正常な生理作用による思い入れの話である。ふたりの関係は、確かに、レコードの歌声に触れて始まったが、今では電気的な再生を介さず、目の前にいるアマリアと直に交わるまでに至った。恋い焦がれても叶わない男と女がいるのに、東洋と西洋とに遠く離れていながら、幸いにも、歩みを阻む幾つもの障害を乗り越え、今夜も私の隣には、心配事などないかのように静かに寝息を立てるアマリアがベッドに横たわっていた。

「まだ起きているの」

夜半、突然小さな声で呼びかけて来た。

「ああ、まだ眠くないから。どうしたの」

しばらく間があった後、

「何でもないわ。もう寝ましょう」と、私の問いに答えたわけではなく殆ど夢心地に呟いたと思われる。

そして、寝息とともに、溜め息交じりの声にはならない、バロック音楽の通奏低音のような呟きが漏れ聴こえた。

「わたしをわかってくれる人が、この世にひとりでもいれば、たとえどうなっても安心できるのに。Japonês（日本人）でもいいわ」

中国にZhīyīn（知音）という言葉がある。春秋時代、琴の名人伯牙は親友の鍾子期が亡くなると、自分が奏でる琴の音を心底から理解する者はもういないと、愛用する琴を壊して再び弾くことはなかったという『列子』の故事から転じて、自分の才能を心から認めてくれる人を言う。

考えてみよう。アマリアには、大切な少女を慈しむ祖父がいた。元の夫は恐らく論外だろう。若いころ、本人が受け入れるかは別にしても、あの眼差しの持ち主を男共が放っておくはずがない。頑なな、アマリアという伯牙に対して、彼らが鍾子期になれたかどうかは些か疑わしい。この三年間、アマリアの顕在化した変化を見落とさず、浮き沈む表情をつぶさに見れば、彼女の前に現れた私の存在によって、ひととき、落ち着きを取り戻したのは間違いなかったが、悲しいかな、それでも私は鍾子期にはなれなかった。

鍾子期には至らない知己を得たアマリアは、わが家に泊まることが多くなった。日程に余裕があって気が向けば、エプロンを羽織り、にわか仕立ての主婦になって台所にも立った。彼女が作るポルトガルの家庭料理バカリャウは、味が絶妙であり、調理中、食べるのが待ち切れずよだれが出そうだった。寛いで、気持ちが緩む夕食のひとときでさえ、冗談にも怖がらせるのは本意ではないから、この家の、件の謂れを話題にしたことはなかった。靖婷と食事中、軽はずみに類似の話題を取り上げたら、怖がって、夜中に便所に行けない姿を見て後悔した、苦い思いがあったからだ。

　何日か前の晩、アマリアが、

「何となく、わたしの後ろに誰かがいるような気がするの。ときどき人の声が聴こえるわ」、ひとり言は心のしこりとしてずっしり残された。

　聴かない振りをし、よそを向き耳を澄ます私の背中には、一瞬冷たいものが流れたが、首吊りに繋がる深刻な話は直ぐ忘れ、穏やかな日々が淡々と過ぎて行った。だが終に、内心若しかすると、と恐れていた事件は、私が支えられる範囲を軽々と飛び越え、何の予告もなく秘密裏に起きてしまった。

●

前の持ち主に誘われるように首を吊るという大事を引き起こしたのは、紛れもなく家に纏わる一切の事情を知らないアマリアその人だったから、この家が、人の真贋を識別する踏み絵になるかどうかなどの小事は、もはやどうでもいい。昨日まで存在した青い瞳の宝物は、手招きされて、綺麗さっぱり何の跡形も残さず消え失せた。微かに打電され続けた心の信号は、もはや完全に途絶えてしまった。アマリアが旅立った今となり、彼女が徘徊した物悲しさの深みに私自身が沈むとは、人の心は、時宜を得ずひとりよがりでお粗末だし、その度し難い怪物のような存在に辟易する。存命中、ときおり、助けを求める裸の心を目にしても、大切な手がかりだとは気づかずに、アマリアの、心の入り口を開け放したまま置き去りにしたことは、約束を違えたと同じことで、何とも悔やみ切れない。やるべきことはやった、と弁解しても始まらない。ともあれ、大切な人を失い、悲しみに身を沈め、目を瞑り永遠の不在を苦しむしかない。邂逅とは、消失という別れを範疇に入れ、闇の中、手探りで幸せのありかを絞り込む、難解な作業の始まりだということに人は気づかず、物珍しい新しい出会いに子供のようにはしゃぎ回る。

　それならば、苦しみが嫌だからと心に刻まれる邂逅を避け、気になる人を見送れば平穏な日々を送れるだろうか。それも選択肢のひとつかもしれない。なぜなら、避けられない別れを範疇に入れたとしても、日々を重ねた身近な人が、目覚めた朝、書き置きもなくいなかったら、得体の知れない不安に襲われいたたまれない。その夜は、喪失の気持ちが残された空白に収まり切れず、積み重ねて来た日々は確実に崩れ落ちる。二度と会わなくてもいい、愛した女と僅か糸一本でも繋がっていれば、相手の気持ちが何処にあれ、安堵するのは未練ではなく、習慣の破綻の繕(つくろ)いだ。電話も手紙も届かないアマリアに、言い忘れた私の気持ちを、届けられる細い糸は残されているだろうか。

アマリアが、欄干に紐を縛って首を吊ったのは、知り合ってから三年後のことだった。奇(く)しくも件の首吊りの階段だったから、我が家に招き死に導いた私に、負うべき責任の一端がある。警察の検証によると、どうやら、夜半に命が絶えたようだ。彼女が手を震わせ欄干に紐を掛ける光景は、思っただけで息苦しくなり、許されるなら今直ぐにでもこの家から逃げ出したい。

その日は出勤したから、事件は帰宅して間もなくのことだった。死のうとした夜に、決められた務めを果たしたのは、最後のステージに立って確かめるべき何かがあったのか。言葉には明かされない、思いを託したその夜の惜別の歌声は、貧民街の古びた酒場にいた馴染みの聴衆に届いただろうか。ポルトガルの大地に育まれた少女の、ファドに託した切ない思いが、気の置けない昔の仲間たちに届けば、その生涯は幾らかでも癒されるはずだ。もし、孤高の歌声が、山河に妨げられポルトガルの大地に轟き渡らなければ、彼女が頼った神などひと思いに刺し違えればいい、全てが一瞬にて終わる。ファドに託し、伝えようとしたアマリアのセグレードは、果たして、人手により守られ、安んじて眠りにつけるだろうか。ばかやろう、今さら何をほざく。予定された調和は、その場凌(しの)ぎの心の安寧を得たいがための方便であり、悉く謀られた錯覚だから、ゆめゆめ救いなど望んではならない。わかっている、人の死は、ときという風雨に晒されて、生前抱えていた苦悩など道行く人に忘れられ、僅かばかりの慎ましい思いさえも届かず、次第に細って消えて行く。

懐が深く、自分を語らない青い瞳は、迫る男を軽々といなし、触れ合いを拒み続けて来たが、少女時代の学費の出処を含め、生き抜くための身売りならよくわからない。もし、過去のあるとき身売りがあったなら、秘密の扉は永遠に閉ざされたまま開くことはなく、誰ひとりとして心の内を覗けない。絶やさない微笑みは、恐らく、社会との軋轢を避け身を守り抜く方便だったのだろうが、今となっては確かめる術もない。夜ごと、変化するアマリアの歌声の調子から、抽斗に押し込まれた煩悩の凸凹を、より細密に理解すべきだった。今、残された秘密に近づく方法は、レコードの一曲一曲を丹念に聴き込み、歌の表情の裏側にある心の折り目を丹念に辿るしかない。私の目の前で、真っ白な裸身を晒した心の淵に、あと一息で手が届きそうだったが、守り切る力が及ばず助ける機会を逸したことは、今さらながら悔やまれる。

「セグレードのファドを歌うあなたを一途に愛するのだから、心を開いて受け入れて欲しい」

我が意が伝わるように真正面から相手にぶつけたつもりだったが、まだ臆病過ぎたかもしれない。阿吽の呼吸が合い、それだけで意思の疎通が図られる、と思うのは日本人だけで、欧州の僻地で遠慮がちに生活するポルトガル人にも通用しない。東洋の片隅から、現代に似つかわしい帆船に乗り込み、『かもめ』を求めてやって来た異邦人が、退路を断ち、ポルトガルの大地に我が身を任せたのだから、生き続け、出会いのときの澄み切った青い瞳で真っすぐ見つめて欲しかった。どうしても、不世出のファドの歌い手アマリアを、海辺にあるファド記念館の陳列棚に過去の遺産として展示されたレコードが、天井に設えた小さなスピーカーから流れる、思い出の世界に押し込めたくなかった。終に、我慢し切れず心の中で叫ぶ。

「くそったれ、Amália、Portugal」

心を乱し事件を改竄（かいざん）しても、この世に、アマリアを引き戻せないことはわかっている。押し寄せる運命の潮流に拠り所のない不安に駆られて来たが、人には、発生した巨大な潮流を差し止める力はないから、すでに万策は尽きていた。早まらないよう懸命に支えたつもりだが、暗い色彩に染められた少女アマリアの心にとって、短かった祖父との関係や薄かった母との絆に、私との新しい慈愛を加えても、この世に引き留めるためには、セグレードに隠された、まだ何かが不足しており、あの物悲しい収まり方しか歩む道はなかったのか。

リスボンの、わが家の客間のテーブルには、手つかずの生ハムと飲みかけの赤ワインが残されていた。それは、台北のあの暑い夏の日靖婷が近所の市場で調達して来た、その場で削り落としたばかりのスペイン産の生ハムと、リスボンでも産地の異なる二本の赤ワインだった。

警察は、家主である私に現場検証の写真を示し、アマリアとの関係を問いただした。死因に事件性がないのは明らかだったから、形式的な事務手続きだった。屍体は、呼吸と心拍が止まった後は、自らが身の振り方に関与する余地はない。語らない屍体は、本人の意思に反し首が吊られ、体の重さに耐えかねて苦しそうに喘いでいるように見えた。薄い下着の股間から漏れた小尿が、大腿から足先へと滴り落ち、タイルを敷き詰めた床に斑（まだら）模様に広がっていた。見開いた目は、遠くを見つめて歌うアマリアその人だったが、半裸の屍体に恥じらう姿は望むべくもなく、皮を剝がれ吊り下げられた冷凍庫の豚と変わらず、私の知る、一等のファドの歌い手とは著しくかけ離れ、生きとし生けるものの輝きはない。

「セグレードのファドを歌うあなたを一途に愛するのだから、今からでもよい、心を開いて受け入れて欲しい」

物と化し、身動きしない写真の中のアマリアに、臆病風をかなぐり捨てて思いの丈を打ち明けても、前非を悔悟して流す涙は届かない。それ以降、今生の彼女への思いは、さようならを封印し、自らの揺れ動く内心に引き継いで、離れないように縛りつけた。

「命運が尽きた死とは、無残な姿を人前に晒し、物と化し、そのままではいずれ腐敗して悪臭を放つ」

復活を諦めて呟くが、戦争でもなければ屍体が朽ちる前に火葬されるから、発見が遅れた山岳遭難者以外にまず目にすることはない。朽ちる前の、アマリアの蒼白の顔はピクリともしないから、求愛の語りかけは、残された私の気休めだ。明日には荼毘に付され、拒まれた父親の生家の墓ではなく、貧民街から程近い海岸沿いの小さな丘の上にある、母親が眠る墓の隣に埋葬されるが、本人は、果たして、死んだ後寄り添うことを望むだろうか。

「ママはどうしてわたしの側にいてくれないの」

その呟きは、ファドの歌声となり、教会の鐘楼の鐘の音のように、十字架の彼方に突き抜け、そして遠ざかり、細って行く。

「望みどおり、やっとママと一緒になれるのだから、もう安心して休みなさい」

イエズス会の牧師の祈りの後、私は、色あせたアマリアの唇に最後の長い口づけをし、届かない求愛を兼ねて別れの挨拶をした。数少ない親戚と共に、教会から海岸沿いの小さな丘の上にある墓地まで歩いたが、途中、数多くの人の見送りがあったのは、彼女の生が意味あるものだったことを物語っていた。その中には、ファドの未来を担う有望な若い歌い手も散見された。

「…………神様は、呼びかければいつでもわたしの側に来てお話ししてくれるのよ」

アマリアが、ひとり言のように呟く姿を思い出した。小学のとき、学校の行き帰りに祖父が漕ぐ自転車の荷台に乗せられ、お尻が痛かった話や、クリスマスが近づく年に一度のその日、見捨てられた母と集った話や、思春期のころ亡き父の生家を訪ねたが、親族と会うのをためらい失意のうちにひとり住まいのアパートに戻った話など、寝物語に紡ぎ出された言葉の、一語一語の表情の違いをもっともっと丹念に、心を込めて聴けばよかったと悔やんでも、突然、我が子を失った父親のように、溢れ出る涙を抑えられない。

●

昨今、貧民街の大衆酒場には、埃を被った書棚から懐旧のファドを慎重に取り出し、好みの歌い手に若い日の思いを重ね、昔を懐かしみ、ちびりちびり酒を飲むしか生き甲斐のない老人たちが、ときおり、奮発し、仲間と連れ立ち飲みに訪れ、ステージに立つ歌い手を見上げて安らいでいる姿が多い。今夜も、いにしえの歓楽街の名残を留めた古びた酒場には、かつては、若かった男と女がたむろしていた。理由は違っても、懐旧のファドに関心を持ち聴き入るのは私だけではなかったのだ。客の多くは、年老いて表情は乏しいが、舌足らずの語り口を軽々しく、老いぼれの戯言（たわごと）などと決めつけてはならない。毎夜、交わされる雑談の中には、日々伝えようとする言葉を失い詳細を語り尽くせないが、無意識にデフォルメされた誇り得る、それぞれの輝かしい過去があった。変形された言葉から詳細を復元すれば、生気に溢れた若い姿が再び現れ、隣に座る小綺麗な老女に、恥じらいながら淡い恋心を打ち明けるかもしれない。

「アマリアさん亡くなったそうね。まだ若いのに残念だわ」

「うん、もうあの歌声を聴けなくなったな」

「あんた、アマリアさん好きだったんでしょう」

「うん、とっても好きだった」

漏れ聴こえた好々爺（こうこうや）と老女とのやり取りは、胸に秘めた青春の恋心ではなく、他愛もないいつものよもやま話だった。

「わたし、女から見ても好い人だったわ。死ななくてもよかったのに」

「うん、そうか」

　今や、ファドを売り物にして生計を立てる酒場は、本人たちの思いとはかけ離れ、海外からの観光客を相手にするか貧しい老人たちを相手にするかしかなく、いにしえの賑わいを回顧して懐かしむ余裕はない。私はひたすら、懐旧の香りが漂う貧民街の古びた酒場に、ステージに立つアマリアの幻影を求めて、なお足繁く通い続けた。大衆が集まる古びた酒場の歌声は、玄人だけでなく、飛び入りで喉に自慢のある素人が歌ったり、決して鑑賞に堪えられるものばかりではないが、古びた酒場には、長い歳月に裏づけられた身の休まる伝統があり、善くも悪しくも、抗し難い大衆の匂いが染みついていた。アマリアは、日常は現実に配慮し安定していたが、不安定な歌の表情に、命運を決する古い色彩が動き出す予兆はあったものの、果たして、再びこの世に戻れない、首吊りという深刻な結末によって終焉させるべきものだったのか。まだ生き続け、伝統と独創を織り交ぜながら、彼の国の未来に繋ぐ作品を、古びた酒場のステージに立ち、紡ぎ出すべきだった。

だが、すでに、ファド史に刻まれた数奇な運命の歌い手は、告別の辞もなく、霧雨の降る夜陰に紛れ、果てしない夜の闇へと旅立った。今この時間、アマリアは何処を歩いているのだろうか。暖かいダウンのコートは持って行っただろうか、彼の地の情況はわからないから、寒くはないかと心配だ。新しい住所は知らないが、丁寧に包装し、書留の小包で直ぐにでも送ってあげたい。私は寒がりだけど、ふたりで肩を寄せ合って歩いて行けば、最果ての、その地まで辿り着けるかもしれないから、もう少し待っていて欲しい。

赤色灯が薄暗く曖昧な光を放ち、夕暮れの景色を引き継いでいた今夜の古びた酒場では、「心なしかいつもより幾らか投げやりさを感じ、本来持つ絶妙な音感までも崩れ気味に歌っているのはアマリアではないか、間違いない」

どうやら、アマリアは、懐かしい古びた酒場のステージに立ち、はるか遠くを見ながら歌う目線の先の、寒々と広がる大西洋が『すぽりとこの鶏小舎に似た不思議な世界に落ち込み』、その彼方に行き先があるようだが、『暗いはしけ』のその先の詳細はまだ明かされない。その秘密は、彼女の歌を愛する人にしかわからない。

戸を開けると日の出だった
あなたの小舟が光に揺れた
舟は帆をあげ沖の方へ

あなたは雄々しく手を振った
あなたはもう帰らないと皆が言う
そんなことってないわ
そう　あなたは今も私のそばにいる

アマリアを失い、私は家屋を処分し、穏やかな親密さに馴染んだリスボンを離れることにした。アマリアを連れ去った因縁のその家は近々私の手を離れるが、ふたりもの死を見送った古い共同住宅を、果たして、買う人がいるのだろうか。事情を知りながら、大丈夫だと頷き家を買った奇特な人は、鼠やコウモリの物音に脅えないだろうか。何かの拍子にこだわり出せば、人の気持ちは、急展開して不自由になるから、もしかして、住む人の心の平穏は保たれないかもしれない。

この街を去る前に、行き来した、心に残る街角を風化させないため、事件以来久々に散歩に出かけた。まだ昼前だったから、心地好く街中を照らす夕刻の西日はない。レンガ敷きの坂道を下り、古びた酒場の前で歩みを止めた。扉が閉じられた古びた酒場は賑わう夜とは顔色が違い、気が緩み男の前で化粧を落とした年増のように、潤いに欠け、そのままでは人に見せられない素顔があった。素顔を見せたこの古びた酒場に、遠くを見つめファドを紡ぎ出す、アマリアが立ったステージがあるとは思えなかった。これ以上立ち尽くせば、突然、我が子を失った父親のように、溢れ出る涙を抑えられないから、通い続けた古びた酒場に別れを惜しみ、後ろを振り返り、振り返り、ゆっくりと海辺に向かって下って行った。永い別れに後ろ髪を引かれ、立ち去るかどうか迷っても、窓辺から眺める昇りつつある朝日のように、じわじわと、やがてその日はやって来る。

●

比較的こぢんまりした、リスボン・ウンベルト・デルガード空港に離着陸する航空機は、独国や仏国のハブ空港で乗り換える、真ん中に通路がある六列シートの小型機が多かった。時間帯のせいか、ターミナルの中を行き交う人は疎らだった。搭乗待ちのため、所在なげにゲートの前の長椅子に座っていると、しなやかな軽い足取りで目の前を通り過ぎる女性に向かって、

「アマリア」

と一瞬口元が動いたが、ジタバタあがいても、目を見やるだけで声にはならなかった。如何にも往生際が悪い。よそ見せずその身を縮め、静かに見過ごせばいいだけなのに情けない。私には、人と同じように物珍しい新しい出会いに子供のようにはしゃぎ回るだけで、消失という別れを受け止める力に欠けていた。今はもう、アマリアが歌う『かもめ』に乗って空高く舞い上がり、今生の一切に別れを告げたアマリアの屍と添い遂げたい。

1羽のかもめが
飛んで描くデッサンの中で　わたしに
リスボンの空を運んできてくれればいいのに

……………

人生にさようならを言うとき
空のすべての鳥たちが
あなたの最後の眼差しを
わたしに形見に残してくれればいいのに

……………

航空機の窓から遠くに見える、かつて、その西方の果てが『すぽりとこの鶏小舎に似た不思議な世界に落ち込み』、不明だった大西洋が果てしなく広がっていた。どんなに目を凝らしても、昨秋に訪れた、北スペインのナバラに生まれたカトリック・イエズス会の若き宣教師ザビエルが乗った、五百年前の帆船が浮かんでいるはずはない。ポカリポカリと波間に漂い、漁に向かう小船の集団の中に、『暗いはしけ』の漁師の他に、帆船の舳先（へさき）に立ち、船旅の先に思いを馳せるザビエルが見えたとしても、あながち、アマリアへの思い入れからばかりとは言えない。私の抱える煩悩の大小に関係なく、穏やかに広がる下界の景色は、忘れ難い、リスボンのひとこまだった。もう少し前方に目をやると、ポルトのある北へ向かう高速道路が見え隠れしていた。右下の山脈を越えれば、ほどなくスペインとの国境だ。この隣接する二つの国は、歴史の中で競っただけでなく、山脈を境にして季節によっては気候が一変する。

「あと三年もすれば私の役目も終わるわ。もういいの、その先は自由になりたいだけ」

　不意に、アマリアの惨劇に忙殺され、忘れかけていたJingtíng（靖婷）を思い出したが、今は、ワインの目利きをのんびり聴いている余裕はない。起こり得る最悪の事態を思い浮かべ、不穏な気持ちが喉元にじわじわと突き上げて来た。台北へ急ごう。運命をねじ曲げてでも、台北のアマリアが生き続ける機会を再び逃がしてはならない。その思いは、私の力不足により助けることを逸した、アマリアに対する決して届かない謝罪でもあった。私は、香港の会合をキャンセルし、台北に向かった。

　人づてに、Amália（アマリア）の別れた夫が、『共和国議会』議員の三期目の任期に入ったとの噂を聴いたのは、季節が一巡りしたころだった。

　夢うつつ時刻を刻む音で我に返り、目の前にある古風な掛時計を見やると、すでに午後の三時を回っていた。

「この時間では、Jingtíng（靖婷）はまだ帰って来ない」と呟いたが、待つしかないと思いつつ持て余した無聊の扱いを考えあぐねた。どう転んでも取るに足らない些細なことだが、心の中は私の意識を離れて、ぜんまいのネジを巻いた柱時計が時を刻むため、カチカチと無機質に回転するだけのあえて採り上げるべき価値がない、不可思議といえば不可思議な、緩やかな、普段気にも留めない動きがあった。
「カイコウハ、イナ、ジンセイハ、コトゴトクユメダッタノカ…………」と、私はなお呟く。

年月日不詳
Táiběi（台北）にて
ケント・ザッカリー・S

Sを捨てた女

AP   ブルース   Hiromichi. Muroi

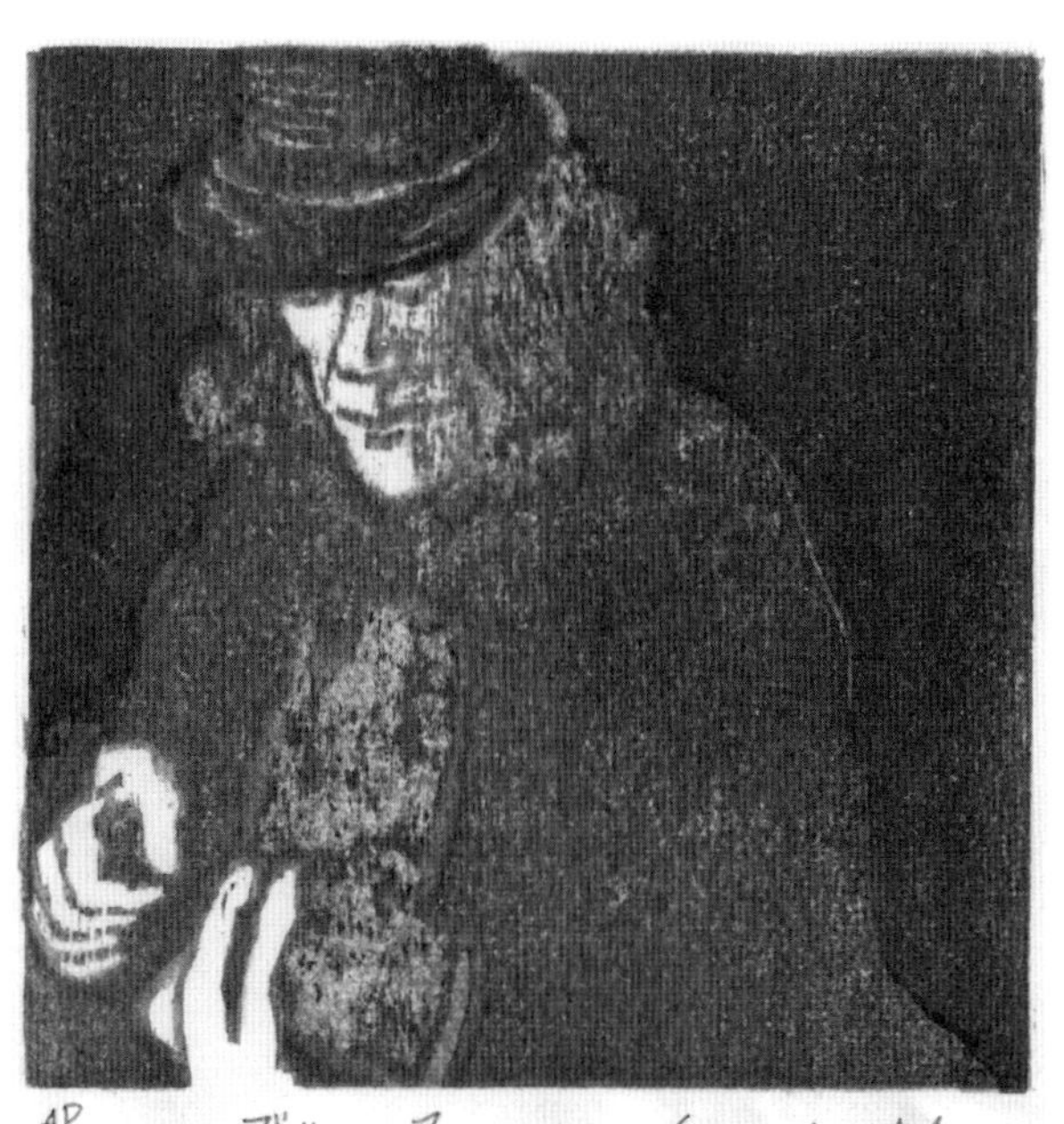

「ケント・ザッカリー・S、マスクを外してあなたの顔をしっかり見せてちょうだい」

ジーンズ姿のT子は、駅前で待機していたSの車に息を切らせて乗り込むと、車が走り出した途端Sに顔を向けて懐かしそうに見つめ、長年の無沙汰を詫びるわけでもなくいきなり要求した。Sは左手を伸ばして日除けのブラインドをかざし、それでも進行方向から夕刻の低い西日をまともに受けて如何にも眩しかったから、前方に注意を払いながら直線道路に差しかかった時、言われた通りマスクを外して彼女の方に一瞬顔を向け、「これでいいのかい」と重い口を開く。

「あ〜あ、あなたは昔と少しも変わっていない。あなたは本当にわたしの知っているSなのね。う〜ん、やっぱりこれは間違いなくあなたの顔だわ。あ〜あ、とっても懐かしい」、重い腰を上げて漸く自分から連絡しておきながら、「遠くまでわざわざ外出して会うかどうか迷っていたけれども、今日は思い切って遥々東京からやって来て本当によかったわ」と、自分の事情を一方的に忙しなく語る。

「わたし、内心ずっと忸怩たる思いがあって、もう死ぬまであなたに会えないのではないかと、その後の時間を鬱々と過ごして来たの。それは仕方がないでしょうね、今日こうなったのは、何もかもわたしの選択が引き出した自業自得の報いですから」とＳを見つめ、「運転中だけれども、あなたの頬にちょっと触れても危なくないかしら」、昔のＴ子では考えられないほど饒舌(じょうぜつ)になり相手を見間違えるほど大胆だった。若い頃から痩せてはいたが更に一段と痩せ細った皺(しわ)だらけの手を、Ｓの承諾など一切お構いなしにそれでも心の内は緊張していたのだろうか、多少震える手を積年の思いを込めて恐る恐る運転中のＳの目の前に伸ばして来た。

その再会は何の気まぐれだったのだろうか。事の始まりはＳを捨てたＴ子から四十年ぶりに会社にかかって来た電話だった。

「もしもし、Ｓさんですか」

「そうですが、どなた様でしょうか」

Ｓは事務員から転送された電話を受け取った。その相手が誰かわからないままでいると、「わたしです。Ｔ子です」、声には聴き覚えがなくまた余りにも突然の告知だったから、咄嗟(とっさ)にはまさかＴ子本人だとは思えず、返答することができないで戸惑っていた。

「えっ、どなたですか」

「わたしよ、Ｎ・Ｔ子です」

Ｓの氏名や住所はその気になってネットを使用し検索すれば、あらゆる情報が公開されている今の時代だから、Ｓが経営する会社の所在や電話番号から簡単に辿(たど)り着けるだろう。それに、Sはその当時自分の会社以外にも仕事に絡んだ業界団体のトップの地位に就いていたし、幸か不幸か裸の身元が世間に晒されていたような状態にあったから、電子機器の扱いに不慣れな年老いたT子に限らず、調べようと思えば誰でも容易に接近し得る社会的な立場にあった。

「あなたが或る協会の会長になったここ十年来の活動は、時々マスコミで小耳に挟んでいたから大体の事情はわかっていたわ。最初のころテレビに映るあなたの姿は、あのころの面影に較べるととても重々しい雰囲気があったので、その人が本当にわたしと付き合っていたあなたなのかしら、と不思議に感じられました」

「それでも、度々ニュースに出るあなたを目にしていたら現在の姿に段々慣れ、現実を受け止められるようになりました。そして、その姿こそが最終的に大きく変貌を遂げた今のあなたに間違いないと確信するようになったのです」と、T子はSの近況を知ったこれまでの経緯（いきさつ）を気忙（きぜわ）しく語った。

「昔から、あなたならば利害、損得が絡む肝心なことは、獲物を捕らえた豹のように決して見逃さない鋭さを持っているのはわかっていましたから、今の社会的な地位に収まっているのは至極当然ではないだろうかと、遠くに離れていても次第に納得するようになりました」

と、話が続く。

Sは、博物館に展示された古代人の骨格の標本になりかけたような痩せ細った彼女の顔をちらちら見つめ、また直ぐ前方に注意を戻して運転し、長い間気に留めて来たT子が発する言葉の一言一言を聞き漏らすまいと集中した。その感想は本当か。それならばどうしてあのとき、別れという選択をしたのか。

「わたし、あなたから離れて行ったあのときから今まで、ずっと独身のままでした。それなりにお付き合いする機会も何度かあったのですが、父、母が続け様に健康を害して寝込んだため、順送りに介護に当たる必要が生じ三十歳前には会社を辞めました。他人に対し特に誇れるものがなく代わり映えのしない地味な性格ですから、それ以来わたしの身辺に纏わる数少ない男性たちから声もかけられず、またわたし自身生きることに疲れ自ら進んで交際する気持ちになれなかったのです」

「両親の介護に明け暮れて年を重ねてしまったその後は、心身共に疲れ切って鬱状態に陥り何のやる気も起きず、これといったまともな定職にも就かなかったものですから、プライベートな話で恐縮ですが、今もらっている年金は国民年金に毛が生えた程度の高が知れた金額です」と、現状を伝える彼女の話に一切口を挟まず聞き役に専念し、Sの知らないその後の情報の収集に努めた。

T子は本人が辿った境遇について、これまで親密な話し相手がいなかったのか、さり気なく耳をそばだてるSに対し堰を切ったように事細かに語った。既に知ることを諦めていたその後の経緯であったが、かつての恋人の辿った窮状はSにとっては単なる覗き見的な興味に止まらず、当時の一方の当事者として長い間気にかかっていた或る意味、一言も聞き漏らせない関心事だった。ただ、今さらＴ子を欲しがっても心の渇きが癒されるはずはなかったし、仮にその手を離れた欲求が多少満たされても、引き換えに不自由さが転がり込むことは余り喜べたものではない。

Ｔ子は引き続き近況について、「父親が自宅を建築して以来、ベランダの鉄骨は錆びたまま放置され、隣近所に恥ずかしいほどひどくボロボロになっていたから、見栄えが悪くて気になっていたの。夏の或る日庭の草むしりをしていると、拡声器を大音声で鳴らし補修工事の宣伝をしていた軽車輌の塗装業者がたまたま通りかかったから、慌てて道路に出て呼び止め錆びの状態を見てもらったの」、一息入れると、

「家の中に入れて二階のベランダに上ってもらいました。隅々まで補修する範囲を確かめていた業者は、点検が終わると如何にも勿体ぶった口振りで提示した見積り額は、わたしが考えていた金額より倍以上も高かったから、一瞬どうしたらよいかと迷ってしまったの」と、Ｓが知らない最近のＴ子の日常が窺われる様子を淀みなく語る。敢えて聞きもしないのに平気で変な男が登場する場面には昔の彼女らしくなかったので少々驚いたが、表情に出さなかったのは年の功か。

「お金がなかったから止めようかなと思ったけれども、錆びついた現状が余りにもひどかったし、特別に値引きするからという手練手管に長けた業者の口車に乗せられて、十分に先の

ことも考えず、補修するのもやむを得ないかと思って頼んでしまったの」と、その対処の経緯は元損害保険会社のキャリアにしては何とも頼りなかったけれども、これも時のなせる流れだろうか。

T子は、Sが聞きもしない最近始まったばかりの、新しい男と女の関係にまで事細かに語り出した。人の普段と違う早口になるお喋りとは、相手に対して抱く緊張を隠そうとすることの反動だから、つい無意識に、話さなくてもよいことまで口に出し気忙しく饒舌になる。Sは一切口を挟まず黙って頷き聞き役に専念し、最も知りたかった、音信が途絶えた後の彼女の情報の収集に努めた。T子は話の間の空白が怖くなり、恰もSに操られたかのように緊張しますます早口になったが、余計な内容まで口走るその姿は彼女の本音を知りたいSにとって願ってもない機会だった。

「でも、どうか誤解しないでください。金銭絡みのこんな話をしても、漸く再会したあなたに気まぐれに散財したお金を出して欲しいなどと、つまらないお願いに来たのではありませんわ」、確かに、T子は昔から堅実な生き方をしていたから、たとえ困窮し日々の食事に事欠いて喉から手が出るほどお金が欲しい状況にあっても、他人に対し軽々しく無心するような女ではなかった。

あの別れる際のT子のSに対する評価は、その狙いは結果的に功を奏したとは言えなかったが、その根底にあった考えとは、決して手が届かない金持ちの欲張った生活を夢想するものではなく、実績を一歩ずつ積み上げて平凡な幸せを引き寄せるという、至って堅実な生活設計だったと思う。ただ、彼女がSを捨てた当初の目論見は物の見事に外れ、その後に予想もしない苛酷な状況に遭遇したけれども、それは自分が選んだ道でありひとつの成り行きだから仕方がない。

好きな人に対し過去の姿を振り返る冷静な観察力がある限り、男女関係の主導権は今や駆け引きの諸条件が揃って心に余裕があるSに移っていた。Sは、別れた後T子が今日まで抱えて来た諸般の事情を一刻も早く聞き出したいと焦る気持ちを抑えて、話の合間にいちいち事細かな感想を漏らさず、ただひたすら聞き役に徹した。この抑制が利いた態度が取れるのは、その後の人生の緊迫する職業経験に裏づけられたSの心の成長があればこそだろう。

「その塗装業者との関係が始まったのは、あなたと別れた後何かと家事に追われ家に籠りがちだったから、昨今では周囲に心を許せる知り合いが見当たらず話し相手が欲しくて仕方がなかったからです。言い訳するつもりはないですが、その男との関係は当然あなたと別れた頃の話ではなくつい最近のことです」

「ごめんなさい。わたしの細々した心の事情は、あなたに話す事柄でないことは重々承知していますが、あなたを前にするとつい沸き出る気持ちを抑え切れず、嫌われることなど度外視しても、最近の自分の姿を話さずにはいられないのです」と、T子はSの知らない男との交際に至った経緯を、かつての恋人に対し臆した様子もなく曝け出す。もしその素直な気持ちがあれば、あのときどうして心の内を隠さず見せてくれなかったのかと、Sは喉元まで出かけた言葉を堪(こら)えて飲み込んだ。

　ふたりしか知らない思いが籠った複雑な心のやり取りを、T子は言い訳気味に明かすけれども、伴侶として選ばなかったSに対し今さら何を言い出すのか、と訝(いぶか)る気持ちを抱くのは、彼女に捨てられた者としては当たり前だろう。そうとはいえ、その先のT子の人生がどう展開したのか知りたいと逸(はや)る気持ちは、外から見える余裕がありそうな態度とは裏腹に、平静を装えば装うほど高鳴る鼓動を抑えられなかったが、昨今はそんな焦りを隠すだけの振る舞い方は多少なりとも心得ていた。

　T子は話を続けた。「その男は、小指の先が第二関節から切り落とされて、無かったのよ。本人の不祥事を反社会的勢力の組織に咎められ、指を詰めさせられるのはヤクザ映画に出て来る話でしょう。本人は確か元ヤクザだったとは言ってはいたけれども、あの世界で何か不始末を起こして責任を問われて、指の先を失ったという事情はもしかして本当かしら」と、彼女の一方的な話は止まらない。

「ありもしない話をでっち上げ出鱈目(でたらめ)を言って、わたしを脅して自在にするため虚勢を張っているのかしら」と、落ち着きがなくぺらぺら喋るT子の態度は変わらず、止(とど)まることなく自分の事情を一方的に話す。仮に、それが虚偽に満ちた話であったとしても、思わず口を衝いて出る語彙(ごい)をかき集めれば、それらの頻度からその人が心に抱える課題は或る程度のことを推測し得るから、相手の話を注意深く聞き続けられればそれはそれなりに意味がある。

今のSは、T子とその男とが如何に展開しようと元々容喙し評価する立場にはなかったから、男女関係の事情をいちいち言い訳する必要などなかったが、T子はかつての恋人に対し隠しておけばよい交際の経緯を細々と明かす。そんなT子の心理をどう解釈すればよいのだろうか。ヤクザの話を持ち出せばSが怖がるとでも思っているのだろうか、或いは一歩踏み込んで、いざというとき、その男の存在をゆすりの武器にでも使おうと考えているのだろうか。ばかばかしいが、それなりに気にかかる。

その話から窺われるT子の意図は、Sとの過去の話がこじれた場合、何がこじれるのかよくわからないけれども、「わたしの後ろ盾にはこういう男がいるのよ」と、チンピラの脅しの常套手段のようにSを牽制する深慮遠謀なのか。それは少し考え過ぎかもしれないが、ヤクザの話まで持ち出す真意がわからない。まさかそんな悪辣なことまで考え、Sを成功者と見てゆするとも思われないが、相手の男の真の事情が一切わからないのだから、深く拘わる前に先読みして心配するのは仕方がない。その男はいわば彼女に纏い付く、とりわけ危険な人物であり、念には念を入れた方がよい。本音を明かせば、そんな危険を冒してまで今さらどうしてT子に接近する必要があるのか疑問が残る。

その男の正体はもしかして本当かもしれないが、いざ何かが起きた場合でも経験豊かなSにはそれなりに防禦の手立てはあり対処し得るし、大概の問題は事を荒立てず誤りなく処理することができるだろう。ただ、T子とは何十年間もの空白の期間があるのだから、その後の相手の身辺に纏わる情報が不足しており、その点は度々発生するいつもの軽易な問題だろうと甘く見て油断してはならない。

正直に言えば、その男とSとの付き合い方との違いを較べることは、かつてのSへの仕打ちに対する彼女の心の背景が読み取れるから、T子の発言に口出しして遮らずただ黙って聞くことにした。これまでの経緯を顧みれば、肝心な話になるとT子は押し黙ってしまうから、ずるいかもしれないが他人行儀な対応によって様子を見ることが賢明かもしれない。固く閉ざされた口を開けようと暴力を振るって強要しても、ただ話の内容が歪むだけであり真相はますます明かされない。

「いくらにもならない年金暮らしの、こんな骸骨と何ら変わらない痩せ細った老人から、これ以上一体何が絞り出せるとでも思っているのかしら。何ともばからしい話だと思わない」と語るT子の本心はわからない。

「話が肝心要のお金の問題に展開したから、余計なことだとは思ったけれども、癪に障ったついでに少し相手を牽制する意味もあって、私の全財産はこれなのよ、と残高が殆ど空っぽの預金通帳を見せてやったわ」と危うい話を大胆に語り、息つく暇もない。

「ばかげた経緯はともかく、その塗装業者の男はびっくりするほどあなたに似ていたのよ。交際するに至った身勝手な言い訳だと思って信じてくれなくても、とにもかくにもそれだからこそ一目で惹かれたのは嘘じゃないの」と男と比較しているのだろうか、T子はSの顔をじっと見つめる。Sの関心の対象は顔の比較ではなく付き合い方の違いだが、そんな気持ちが相手に対し伝わるはずもない。

T子の大胆な語り口と仕草は、以前には殆ど見られなかったものだった。人は四十年も経てば与えられた環境に適応し如何様(いかよう)にも変わり得るということか。適応に躍起になるその態度を紋切型に評価して、食べ物にも事欠き人としての矜持(きょうじ)を放棄した堕落ではないかなどと一概に思ってはならない。人は皆生きようと必死なのだから、いちいち小事をあげつらっても仕方がないだろう。再会が突然だったから輪をかけて違和感を感じただけであり、毎日見ていればそんな変化にも気づかない。

それにしても、Sに似ていたから惹かれたなんて本当だろうか、嘘だろう。何か心境の変化でもあったのだろうか。あ〜あ、びっくりするほどあなたに似ていたなどとは、誠意がなかったあのときのSへの仕打ちからは、とても信じられない言葉ではないか。もし、少しでもそんな気持ちがあれば、あのとき、どうして待ち合わせた地下鉄の改札口に来なかったのかと言いたいのは山々だったが、今のSは思いつく本音を子供のように何でもポロポロ口に出すはずがない。

でも、少しはT子の気持ちがわかるような気がすると、かつての恋人に対してSは何処までも甘い。ヤクザとの付き合いを含めて別れた後の事情が真実ならば、心の片隅に若いとき交流したSに対する某かの気持ちが残っていたのは確かだろう。しかし、それは互いに月日を積み重ねた今となっては、遥か遠い昔の薄れかけた記憶の欠けらに過ぎず、萎えた生命を呼び覚ます活力は既に失われていた。

T子の気持ちは一面真実であり、他面本人も気づかない思い込みの嘘が含まれているかもしれない。相手に惹かれたからといって、かつてT子がそうだったように伴侶として選ぶことに繋がるとは限らないし、また他人に語れない恥じ入りそうな選べない事情もあるだろうから、Sに対する気持ちが人並みの想いの告白であったとしても、何故か嘘が含まれていそうで、「君の気持ちを信じるよ」などとはとても素直には言えないし、言えばまたそれが嘘になる。

やり残した不足があれば、まだ生きていたからこそ補えるけれども、もし死んでいれば相手からどんなに想いを込めて評価されても、本人には届かないから何の意味もない。あ〜あ、余りにも長い年月が過ぎ去った。どんなに弁解されても捨てられたという事実は一片たりとも変わらないが、ふたりの関係を修復するためにSの不本意な感情を揺さぶる誠意が、言葉の何処かに残っているのだろうか。

「わたしが自宅に呼び込むような結果になり、数回会っただけなのにその男は図々しく洗濯済みの衣類が入った手荷物を家に残したままなのよ。僅かな残高しかない通帳を見せつけられた後、わたしに狙い通りのお金がないことがわかったせいか、男は最近目が覚めたかのように寄りつかなくなったわ。荷物は一体いつ取りに来るのかな、早く何とかならないかしら」と言う姿は、背後に潜む深刻な事情を理解しているのかどうか、余り困った様子にも見えなかった。

話す相手を間違えたかのように隠し立てする様子もなく、最近知り合った男との経緯を語るけれども、ふたりの関係はどうやらそれだけで終わったわけではないようだった。人の心とはその時々の事情に振り回され、いとも簡単に捨てたりぐずぐず離れ難かったり、何とも複雑怪奇なものだとしか言いようがない。その証拠にT子はその男と関係しただけに止まらず、かつて拒んだSに対して四十年も経って忘れかけたころに、またこうして連絡して来たではないか。

「当たり前の話だけれども、見たところわたしたちより二十歳近くも若く、男盛りとは言えないにしても利害に敏感な商売人が、何の目的もなくこんな年寄りに近寄って抱いても仕方がないでしょう」と、若いころ何事にも口を塞いで来たT子にしては、無沙汰の限りを尽くし突然あちら側から生還して現れたような今回は、珍しく話の切れ味がよくわかりやすい。この言い様(よう)はSを前にして取り繕った態度ではなく、最近の彼女の普通の姿なのだろうか。もしそうだとすれば、何がT子をこんなにも変貌させたのだろうか。ただ齢(よわい)を重ねて生じた変化だけとはとても思えない。

「それにしても、わたしにお金がない事情がわかると、途端にカメレオンのように豹変する態度を実際に目（ま）の当たりにすると、その姿は日頃の生活がまる見えの如何にもさもしい根性が丸出しのものであり、当初の期待は裏切られ味気なくなりがっかりしました。男らしい雰囲気は全くの見かけ倒しであり、物事に筋を通すあなたとは大違いです」と、平然とSと較べてみせる。

早口に喋（しゃべ）るその姿は、以前のT子からは全く想像がつかないものだった。現実が持っている苛酷なまでの力は、このように人を別人に変えてしまうのだろうか。或いはその後の厳しい環境が彼女が本来持っている性格を引き出し、白日の下に晒しただけに過ぎないのだろうか。もしそうであれば、心の反応が簡潔になってわかりやすいと言えば確かにそうかもしれないが、その表情には陰影が残っていたから、そう単純には言い切れないだろうし、人の心とはなかなか捉えどころが難しい。

昔日のT子の実像を熟知しているSは、彼女が語る言葉の端々に映し出される悲しみを見逃すはずがなかった。早口に紡ぎ出される言葉が途切れるたびに、それに合わせてSの息が詰まって息苦しくなり、何ともやり切れない思いに駆られた。「男の話はもういい加減にして、これ以上救われない自分の事情を語るのは止めて欲しい」と、T子に向かって叫びたかった。見かけ上突出した発言の内容とは異なり、その実態はかつてと何ひとつ変わりようがなかったのかもしれない。

もし、その男との間でT子の身に何かが起きれば、これまで仕事上対処して来たようにたとえ相手がヤクザであってもSが表に顔を出し、万難を排して片をつけようと心に決めていた。直接本人に対して口にこそ出さなかったが、厳しい困難が降(ふ)りかかったとしても、T子が抱える問題から逃げ出すつもりは毛頭なかった。最近のT子の事情を知った以上、なおさらそのまま放置して危険に晒すことなどできはしない。

その男は、T子の家に出入りしてひと月も経たない或る夕刻の帰り際、「先ほど業者仲間から電話があって今晩急に付き合うことになったが、生憎(あいにく)家に財布を忘れて手持ち金が全くないから、明日間違いなく返すので四万円ほど貸してくれないか」と、通帳を見せて以来お金がない事情を知っているT子に対し、なけなしの金を無心して来たという。お決まりの、怠け者の初めから返すつもりがない本性をいよいよ剝き出しにした。T子のような貧乏人の年寄りから借財するということは、既に周囲の借りられる人からは借り捲(まく)っているということだろうか。

社会の隅々にまで金融が浸透した昨今、カードの一枚くらい普通、誰でも持ち歩いているだろう。たとえどんな事情があったとしても、貧窮する老婆の事情を知りながら金を無心する男にろくな者はいないだろうし、況(いわ)んや、その日の夕方になって相手の反応を気にしながらみみっちい企(たくら)みを切り出し、小銭を無心する男など言うに及ばない。帰り際になって財布がないことに突然気づくとでもいうのか。悪戯(いたずら)して叱られる子供の言い訳じゃあるまいし、ふざけるのも程々にしろ。もし、本当に財布を忘れたならば只酒飲みの常習者でもない限り、仲間内に事情を話せば一晩くらい何とかなるはずだ。

どんな事情があったとしても、老婆に小銭を無心するような男は元々お金にルーズだから、きっと仲間の誰からも相手にされていないのだろう。業者仲間の付き合いを口実にしてさもしく端金を無心し、ひとりで居酒屋にでも出かけるつもりではないのか。そこまで小細工して酒を飲んで一体何が美味しいのだろうか。昼日中汗水流して働くからこそ、食前の晩酌も捗るというものだろう。

四万円というお金は、今のT子にとって決して小さな金額ではなかった。その年齢と見るからに華奢な体軀では、勤め先を探すにしても雑用係の日雇いでさえ難しいかもしれない。折角懇意になった男を逃がしたくない一心の彼女は、戻らないお金とは知りつつ、男の隙を見て簞笥の抽斗の中の重ねた洋服の下から、隠してあったお金を取り出した。困窮した暮しの下、爪に火を点して蓄えたなけなしのお金を、乞われるままにろくでなしの塗装業者に手渡した。仕事上ひと目で誤りなく処理する昔日のT子からは、到底考えられない愚かな対応だと思われたが、気に入って離れたくない男の要求であれば、断るのは難しかったのかもしれない。呆気ないSとの別れと随分差があると思ったけれども、選ぶ側の条件の違いはこれほど大きい選択の格差を生じさせるものなのか。

「これは、わたしの今月分の大事な生活費ですから、約束通り明日には間違いなく返してくださいよ」と、T子は本気になって念を押したようだったが、やはり思った通りなしのつぶてだったという。本人だっていくら何でも本当は戻って来ないお金だとはわかっていたのだろうが、お金の貸し借りの背景にある双方の思惑なり利害が絡み出すと、それぞれ都合のよい思い入れが介在するから、本来貸借が持っている貸し倒れというわかり易い問題さえ確かな見通しが利かない。

お金とは本当に不思議なものであり誰もがその影響から免れられず、お金に執着する者にろくな人間はいないとの世間の常識に拘束され、表向き無関心を装っても土壇場になれば人間の本音が剝き出しになる。視野を広げてみれば、あらゆる政権が破綻する根底には経済的な閉塞状況が存在し、それが倒壊のほぼ全ての理由だ。個人に戻れば、他人に金銭を無心すればたとえどんな事情があるにせよ、また両者がどんなに良好な関係であったとしても、お金に纏わる常識には例外はなく、強者と弱者の関係が露わになる。それにしても、お金に対する人の執着とそれを戒める道徳とは二律背反なのだろうか。そんなはずがないことは、最近の子供に対する投資教育にも見て取れる。いずれにしても、お金の本質を理解するためには資本の仕組みと果たす役割は大いに参考になるだろう。資本主義の制度そのものに行き過ぎの弊害を修正する必要はあっても、最強の効率的なシステムであることは間違いない。

ビジネスの現場はお金の本質が裸になって競い合う。例えば、銀行の住宅ローンの融資は情実が介在する余地は今日では殆どない。融資した元本が確実に収益を上げるためには、関係者の思惑を慮(おもんぱか)っていては業務遂行の障害になる。これを借り手側から見れば、もし返済が滞れば担保に供された資産は容赦なく処分され、それでも処分価格が融資残額に満たず不足分を支払えなければ一家揃って夜逃げするしかない。権利の行使と義務の履行は一旦返済に滞りがあれば綺麗ごとでは済まされないし、T子とその男との関係も、贈与であれば話は別かもしれないが基本的な構造は何も変わらない。

金の借り手の社会的地位が、貸し手と対等かそれ以上に見える関係であっても、借り手の事情による金の貸借は、それを境目に両者の関係は再構成される。貸借が当事者に及ぼす影響は小銭の貸し借りといえども例外ではない。もし、相手とそれまでの繋がりを失いたくなければ、個人的な金銭の貸借は慎まなければ、世間によく見られる両者の関係が破綻し紛争が開始するお決まりのコースに突入する。

時が経過し返済の期限が到来すれば、お金を返してくれ、もうちょっと待ってくれと、返済を巡って双方の関係はギクシャクし、争いが表面化して破綻に向かうことは長々と説明を要しない。借財する者には必ず返済に窮する切迫した事情があり、約束の期限内に円滑な履行を見る例は皆無に近い。そうだとすれば、元々個人が助けるには限りがある環境だから、冷たい仕打ちだと思われても、金銭の貸借は公的融資制度の紹介などに止めるべきだ。どうしても避けられないならば貸金を大幅に減らし、返済を当てにしない贈与にすればよい。近しい者に対し借財を切り出すのもそれを断るのも良好な関係を失いかねず、普通の人にとっては大変勇気がいる。

Ｔ子本人も薄々わかっていた通り、その男は最初からお金を返すつもりがなく、僅かな貸金の催促を恐れたのか、金を無心した後彼女の前に顔を見せなくなったという。小賢(こざか)しく老婆を騙して四万円を無心するくらいなら、有りったけの知恵を働かせて銀行から融資を引き出せばよいと思うが、男には元々そんな才覚はなく、せいぜい老婆から小銭をせしめる程度の悪知恵しか持ち合わせていないのだろう。

かつてあれほど主体性を持って、右から左に会社の多様な人間関係を捌(さば)いていたＴ子だったが、今では何の頼りにもならないそんな男に懸命にすがって引き留めなければならない衰えた生命の姿は、見るに忍びない何とも哀れなものだった。「何事も最悪の事態に備えよ」と古来警世の書には記されているが、年と共に心身が衰えれば減衰した力不足の本人の判断によっては備え切れない、まさかと思われるあり得ないオレオレ詐欺に引っかかる事案も散見する。

男の下着や日用品の小物類が、五十万円は下らないルイ・ヴィトンの旅行カバンに詰められて、Ｔ子の家の二階に放置してあった。高額なバッグを無造作に放っておく者が、僅かな飲み代をどうして持ち合わせていないのか疑問に思わない感覚は、相手を信頼して安心し切った親密な関係の反映なのか。それとも、かつてシビアなビジネス現場のやり取りを熟知したＴ子ではあったが、その状態を危険だと察知する能力が老化によって低下したせいなのか。

男が手荷物を放置することを許しているのは、何のかのと口では不平不満を言っていても、漸く摑まえた体たらくの男を引き留めるため、某かの繋がりを残しておきたかったのではないかと、Sはあやふやな T子の態度を訝っていた。もし、そうだとすれば現実にも、二股をかける彼女と拘わる危険には計り知れないものがあるだろう。問題に向き合う際は、疲れる話ではあるが成功体験に安住して自信過剰にならず、変化する状況を具に見極め慎重に対処しよう。

T子はその危険に対して如何にも無頓着に見えたから、手荷物の放置などその気になればいつでも対処し得る、取るに足らない些事だと考えていたのだろうか。そうであれば、慎重であるべき事案に対する彼女の真意が何処にあるのか、以前と同様相変わらず掌握しかねた。T子のこの曖昧で不分明な態度こそ、それまでSの心をさんざん振り回して来た元凶であり、同時にそれはSを惹きつけて止まない未知の力だったのかもしれない。早々と黒白をつけたがる性急なSに較べれば、ばかか利口かわからないぼんやり遠くを見つめるT子の曖昧な心は、恋を牛耳る名人芸にも映るが、それは必ずしも彼女の意図的な駆け引きではなく、本来持っている性格かもしれない。

Sは T子の本心を窺うように、「君が望んでいるかどうか知らないが、その男と一緒に生活するつもりがないならば、手荷物は早く送り返した方がよいと思うよ。もし、今住んでいる家作が親から相続した君の名義だとわかったら、それこそ返済されない四万円の貸金の話では済まされず、持ってるものを身ぐるみ剝がされ大変なことになるよ」と、何気なく男と付き合う真の危険の所在を明かす。

Sの一言によって聡明なT子は、その男に自分が保有する財産の詳細を知られた場合、新たに発生する桁違いの危険の存在にどうやら気づいたらしく、一瞬顔色が変わったように見えたのは気のせいだろうか。男が抱える只事では済まされない危険と引き換えにしてまで、生活の拠り所となるなけなしの資産を差し出し、自らの欲望を満たすことなどとても考えられない。僅かばかりの脆弱な生活基盤であっても、自分の孤独を満たすため軽々しく唯一の財産を失うことはできないだろう。お金絡みの緊張は、自分では大丈夫だと油断する男に対する偏った想いを撥ね除けて、自分を回復し正常な判断を下すためのまたとないチャンスかもしれない。

家作の所有者が誰であるかは、法務局に出向き公開されている登記簿を調べれば難なくわかることであり、賢いT子のことだからそれ以上余計なことを言わなくても、大事に至る前に男の問題を適切に対処するだろう。猫の額ほどしかない土地に建つ、手入れが行き届かない雨漏りしそうなあばら家でも、建物はともかく都心の地価は押しなべて高いし、小さな宅地でも売却すればそれ相応の金額になるのは間違いない。もし、その男が土地、建物の持ち主を調べることに気がつけば、そしてそれは時間の問題だと思われるが間違いなくひと悶着起きそうだし、男が暴力を含めて必死になって構えてくれば、T子が唯一の財産を確保することは難しい。

「男とはまだ知り合ったばかりだし、その日の営業が終わると軽トラックを運転して自分の方からやって来たから、相手の家にわたしから行く機会もないだろうと思って、改めて住所を確かめることなどしなかったわ。本人は、近隣の町からこの辺一帯に出稼ぎに来ていると言っていた気がします。次にやって来た時、素知らぬ振りして必要な情報は集めておきましょう」と、何処か他人事（ひとごと）の響きがするのは些（いささ）か気にかかるけれども、いつもの態度だと思うしかない。

「まともに尋ねれば本当のことは教えないかもしれないし、相手の隙を見てチャンスがあれば、車輌の番号以外にもダッシュボードを開けて車検証の内容を控えておくわ」と、どうやら自分のなけなしの財産を失うかもしれない深刻な危険に、真剣に対処するつもりらしい。盗難車でもない限りそれらの簡単な項目をチェックするだけでも、相手の氏名や住所など最低限の内容は確かめられ、いざというとき、きっと役立つはずだ。また、事態の緊迫状況によっては必要に応じ興信所に調査を依頼すれば、何処でどう調べるのか知らないけれども多くの情報が集められるだろう。

　本質的に内向的であり元々人づき合いに及び腰だったT子には、年老いた昨今周囲に親しい話し相手がいるとは思われなかった。先々のことを考えれば本人は心細くて寂しかったようであり、それらの事情が重なって、こともあろうに箸にも棒にもかからないとんでもない危険な男と付き合うようになった。雑談の相手として気が紛れ、当座の孤独を凌ぐための間に合わせになれば、老若男女を問わず誰でもよかったのかもしれない。そこには、かつて人を撥ね除けるような自信に満ちた彼女とはとても思えない、人恋しさに苦しむ別人の姿があった。

人目を避けがちな内向的な一面を抱えるＴ子だったが、人間とは変われば変わるものだとつくづく思う。たとえ、孤独のポーズを決め込み虚勢を張る社会のはみ出し者であっても、周囲に人影が全く見当たらず言葉が通じない犬猫しかいなければ、どんなに動物好きの変わり者であっても、犬猫に虚勢を張っても通じないし、孤独に押しつぶされてまともには生きて行けない。それを考えれば、人の世ではみ出すことは人間同士の交流を求めるひとつの表現と思われ、人は誰でもよいから心の空白を埋めてくれる身近な理解者が必要だということだろうか。

しかし、よりによって箸にも棒にもかからない男と睦み合う以外に、まともな人間との出逢いがなかったとは何とも哀れで情けない。人が存立する条件は時の経過によって変化し、その立場と力関係は絶えず入れ替わる。本人が他者と交流する環境は予想もしない変化を遂げるだろうし、当然その時々の情勢に応じて交際する相手は千差万別だろう。若いそのときのＴ子の生存条件は公私共にピークにあったが、よっぽど悲観論者でもない限り自らに与えられた輝かしい状態がまだまだ続くものと勘違いし、将来待ち受けている急激に衰退して変わり果てた姿など微塵も考えない。ただ、それは前方を見据えて生きる人にとって至って普通のことであり、批判するには当たらない。

年月が経過すれば容姿が衰えるのは自然の流れだから、年老いて自らの悪しき条件を受け入れざるを得ないにしても、如何せん選んだ相手がどうにも悪過ぎた。現在のT子から若い時代の秀でたものは悉く失われ、もはや本人には相手の男を選り好む優位性は殆どない。従って、その相手が背中に刺青を背負ったヤクザ者であったとしても、腹巻き姿で刺青のひけらかしは今では流行らないし、裸になって相手と抱き合うまでは、凄みを隠したその詳細は不明だから、何ら選択の余地はなかったのかもしれない。相手の職業がまともかどうかは外見から判断するしかなく、立ち入って詳細に評価する方法は限られているし、余裕がなければ外見の特徴さえも見過ごす。

誘われて裸になりベッドに身体を投げ出し一旦刺青を見たからには、どんなにもがいてジタバタしても、泣き落としや威嚇によって執拗に迫って来る相手から逃げられるものではない。男女の深みに一旦嵌まれば、ヤクザの支配から離脱して自由の身になれるかどうかは、男の胸三寸にあると言ってもよかった。

T子には出逢いの機会は限られていたし、相手を見定める心の余裕がなかったから、男女の関係を失うことを恐れ男の実情をまともに観察もせず、僥倖に巡り会ったものと早とちりしたのだろうか。それだからこそ、行き当たりばったりの半ば丁半博打のような交際は、躊躇しつつも両手をかざして拒否し得なかったのだろうと擁護する。理屈は後から何とでもつけられるにしても、残った問題は現実に男から脅かされる危機を如何に回避するかに尽きる。本人が別れたくないと言うならどうにもならないが、事情が呑み込めた今や危うい道は選ばないと思う。

知り合った当初こそ、塗装業の男に対して某かの淡い期待を持っていたかもしれないが、或る程度事情が判明した今となっては、そんな男と同棲しても生活を支えてもらうことなど少しも期待し得ない。両親がT子に残してくれた小さな家作や僅かな退職金の存在をまだ知られていなかったから救われたが、相手にわかればいずれ何もかも搾り取られてしまうだろう。さすがのT子も、一刻も早く危険から遠ざかるべきだと承知したようだったが、普通の感覚ならば不安に慄き平常心を保てるはずがないと思うけれども、彼女の感受性は規格から外れている面があるからよくわからない。

ただ、T子の慎重な性格から考えれば、本人の身体条件が更に劣化し新しい出逢いの機会に恵まれなくても、危険なその男にそれ以上拘泥するとは思われなかった。よくよく考えれば、自分の都合によって容易に男を見限るそんな淡白な態度こそ、もしかしてかつてSと別れた大きな要因ではなかったのか。

「恐らくそうかもしれない」と、Sは自らの疑義に頷いたが、仮にそうだったとしても、T子にとってSの何が危険だったのか全く見当がつかない。危険の問題以前にSの生活能力が劣等であると評価し見限ったということか。もしそうであれば、親交を深めて事情を熟知した後の意思決定だと思われるから、その間に利害損得を十分算段した結果だろうし、自分の都合を優先させるよっぽど薄情な性格だと思うしかない。

「今までの話を聞いて、最近の事情を含め君が大変な状況にあることはよくわかりました。詳しい話は席を改めて聞きますから、取り敢えず今夜は何処か食事にでも行きましょうか」と、Sは横顔に深い皺が刻まれた老女を誘って、昔年の幾ばくかの恨みに対し多少意地悪な気持ちを込めて、今のT子には如何にも敷居が高そうな多少格式が高い西洋料理店に向かった。後から振り返れば、それは成金趣味の如何にも子供じみた愚かしい対応であり、とても恥ずかしいことだった。

　その当時、Sは日々の食事にも事欠く貧乏学生だったから、時々利用する学生食堂の代わり映えのしない定番メニュー以外に外食の機会は殆どなかった。若いふたりは時には奮発し、授業の合間を見計らい大学付近の古びたレストランに駆け込んだ。当時のふたりにとって、学生食堂のメニューの三、四日分もする贅沢な料理を注文し美味しく食べる、埃を被った懐かしい風景が巻き戻されたフィルムによって、T子と一緒に乗ったタクシーに揺られSの心に切れ切れに映し出された。レストランの門前に車が到着すると、蝶ネクタイを結んだ中年のマネージャーがエントランスの階段の隅に立ち、「いらっしゃいませ、本日はありがとうございます。いつものお席をご用意させて頂きました」と、丁重にSを出迎えた。

　T子は食事中先ほどの饒舌(じょうぜつ)な語りは影を潜めて、全く別人かと思われるように胸の内に抱える深刻な事情は一切語らず、昔のようにただ黙して如何にも美味しそうにゆっくり食べていた。何はともあれ、諦めていた懐かしい彼女の姿を再び見られたことは、Sには殆ど奇跡とも思われてとても嬉しかったし、それだけでも再会した意味は十分にあった。給食が始まったころの児童のように、食する幸せの笑みを満面に湛(たた)えたT子と共に時間を過ごせたことは、当初の意地悪なSの意図とは違ったけれども、彼女を格式の高いレストランに誘ったことに満足した。

「このお店の料理は何を食べても美味しいこと。こんなに広々とした立派な個室にたったふたりで陣取って、味わい深いお肉を食べるのは、もう随分前に会社勤めしていたころの話になりました。それはいつのことだったかすっかり忘れ、何を食べたかさえ思い出せないずっと昔のことです」と、貧窮した現在の自分を気にして隠し立てすることもない。劣悪な現状を包み隠さず、ありのままの生活の実情が窺われる普段の言葉を耳にすることは、Sに対する構えがない心が伝わるようで嬉しいし、それこそがT子本来の屈託のない姿であり、とても懐かしかった。あ~あ、この女性と一緒になっていればどんなによかっただろうと、Sは未達の嘆息を漏らす。

　学生時代、多人数の交流では普段滅多に見せない、Sだけが知っている本来のT子の茶目っ気たっぷりの性格は、厳しい境遇に至った今日でも昔と余り変わらないようだった。Sを笑顔に誘(いざな)うこの飾らない態度こそが彼女の気質の本領であり、若いSが魅了されたゆったり構えた柔らかい雰囲気だった。それは都会の極く普通の中流家庭に育った者が一般に備えている、肩の力が抜け如何にも気負いがなく、それでいて洗練された立ち居振る舞いだった。T子の眼鏡越しの眼差しはいつも穏やかな知的好奇心に溢れ、Sの周囲にいる女性たちと較べても、その平凡な姿は気品が備わって美しかった。Sは感慨無量の面持ちで昔日の姿を思い出しながら食事中の彼女を見つめた。

ゆったり食事するT子の箸の上げ下ろしには、身体の隅々から懐かしい面影が滲み出し、『貧すれば鈍する』の慣用句は彼女には当て嵌まらない。その姿は、T子の老いて貧窮する容貌から透かして見える、Sにとってかけがえのない昔日の彼女の息遣いそのものだった。夕べのひとときT子と食事を共にし、過ぎ去った時を飛び越えて、言いようがない幸せな気持ちに包まれる。敷居が高そうな西洋料理店に連れ出して、かつてSを軽視した相手を圧倒しようなどと、気負った自分が如何にも成り上がり者のように感じ恥ずかしくて身が竦む。Sは負けたと思った。

長い年月を経て時を共有した知己は、再び引き返せない遠くへと去り、T子の現在の立ち位置を考えたとき、級友たちとの交流は途絶えたにも等しい。今や過去の彼女の姿を知る者はS以外に果たしているのだろうか。Sは長い間T子の動向を気にかけてはいたが、自ら重い腰を上げて接近することはなかった。Sの従来の緩慢な動きを考えれば、今回T子はどんな気まぐれであったとしても、よくぞ思い切って連絡してくれたと思う。「電話をもらって本当に嬉しいよ。ありがとう」、ワインを飲みながら素直に本音を出した。Ｔ子は箸を休めて笑顔を向けＳの話を聞いていていた。

ゆっくりワインを嗜む老いたＴ子に対し、筆舌に尽くし難い愛（いと）おしさを感じた。そのことを彼女に話すはずはなかったが、今からでも失った時間を取り戻し、ふたりが寄り添って暮らせないかとの衝動に駆られたのはＳの偽らない気持ちだった。明朝は教会に赴きふたりだけの結婚式を挙げ、果たされなかった蜜月の旅は、一昼夜飛行機に乗って辿り着く地球の裏側の海沿いの街に滞在し、失われた何十年分の思いを込めて残された生命を、静かにそして激しく抱きしめたかった。ホテルは、リスボンの市内電車が行き来する勾配がきつい坂の途中にあった、ロビーでファド酒場を営むあの小さな宿がよい。アマリア・ロドリゲスの『かもめ』を歌っていた、伝統音楽ファドの確かな歌唱力を継承するあの往年の歌い手はまだ健在だろうか。名前は確かドゥルス・ポンテスだったたと思う。

Ｓの向かい側で食事をするのは本当に昔日のあのＴ子なのだろうか。今ここでこうしている経緯をあれこれ考えるうちに、長い空白の期間が影響したせいか何故か確信が持てなくなり、一旦箸を止め赤ワインを少しだけ口に含みゴクリと飲み干した。そして、彼女を見つめ息を整え「Ｔ子」と声をかけた。

「大きな声でどうしたのかしら」と、彼女はゆっくり顔を上げ優しい眼差しでＳを見つめた。

「Ｔ子、美味しそうに食べているね……そろそろオーダー・ストップになるから、何か他に注文したいものはありますか」

「ありがとう、食べるものはもういいですわ。そうですね、ワインをもう一杯だけ頂けますか」

「わかった」、卓上ベルを押してウエイトレスを呼び、空になった赤ワインのボトルを交換した。

Sはゆっくり食事を嗜むT子の姿を眺めていたが、突然感極まって再び「T子」と呼びかけた。

「はい、また急に大きな声を出してどうしましたか、びっくりしましたよ。今度は何ですか」と、それは間違いなく昔の懐かしい本人の声だった。

4/5
クロッキー
Hiromichi Murai

T子との馴れ初めはつまり有り体に言えば、ふたりが学生時代の級友関係を越えて懇ろな間柄になったきっかけは何だったのか。また、折角親しくなったのに別れなければならないどんな理由があったのか。接近と離別とは相関するものだから、一方を分析すれば他方を理解する手助けになるかもしれない。これからその辺の経緯を振り返り問題を整理してわかりやすく話そうと思う。

四十年前に時間を巻き戻す作業は、当初全く想定していなかった心の痛みを伴う厄介なものだった。どんな事情があったとしてもふたりの関係は今さらやり直しが利かないのに、ただ回想するだけのために随分余計な作業を始めたものだと思う。回想という巻き戻しの作業は、一旦歯車が回り出すと惰力で回転するから、その時々の都合によって途中では好き勝手に止められない。映し出される映像が本人の好き嫌い、要不要に拘わらず、全ての場面を最後まで見届ける必要がある。

過去の出来事の中にはそのまま触れずに敢えて放置しておくべき事案もあるが、何もかも自ら確かめないと気が済まない性格とは全く困りものだ。自分に纏わる事案であっても時には風雪に晒し他人事のように眺めることも、意外に新しい発見に繋がるかもしれない。隣国には『無為』に関して難解な理屈をこねる古典があったが、古典の書き手とSが晒された立ち位置は異なるから、その『無為』の世界とSが考える座禅に近似した所感を単に比較して答えを求めても意味がない。真相の解明には、結局心を鎮めて過去の実相を振り返り、稚拙でもよいから真に必要な項目だけを自らの頭で考え、事実に則して自分なりに評価するしかない。

Sは在学中、力試しに受けた公務員の上級試験に合格した。苦学生のSは、アルバイトをしながら心身に重い負担をかけ、日夜勉学に取り組む必要がある資格試験に見切りをつけるべきか迷ったが、結局公務員試験は翌年再受験すればよいだろうと考え就職はしなかった。

次の年、勉学を中断することに迷いはあったが、公務員試験を再受験し合格した。既卒者だったため、好景気に沸く民間企業と採用が競合する複数の役所から、通常の翌年の四月を待たずに入庁の誘いがかかった。今後も続けなければならない心身共に苛酷な条件を考えれば、公務員を選択してよかったのだと思う。結局T子より半年遅れて、外国船が停泊する港が見える或る官庁に就職した。

話は遡る（さかのぼ）が、卒業した年の初夏、Sは友人たちが旅立った大学の図書館にひとり居残り、T子との将来をぼんやり考えていた。図書館に行ってはみたものの、級友たちが去り勉強に身が入らないでいた昼休み、思い出したようにロビーに降りて、まだ不慣れな仕事に忙しいT子に公衆電話から連絡を取り、日帰りのハイキングを提案した。

好きな登山とまではいかないけれども、区切りをつけるためT子と連れ立って近くの山野にハイキングに出かけようと思った。日頃の散歩と大差がないピクニックもどきの息抜きでも、Sにとって大学の公式行事以外には初めての物見遊山だったから、何かしら束縛から解放され浮かれた気分になるのは仕方がない。それもT子とのふたり旅ともなれば、傍から見ても尋常でないSの浮かれ様は、余り気が進まないでいたT子にも感じ取れたはずだろう。

「官庁は何事も成績が優先する組織だと聞いています。私の筆記試験の成績は合格者の上位一割以内とよい方でしたが、もう少し資格試験の勉強を頑張ってみるか迷っています。まあ、今は少々手隙だから、君さえよければ一緒に何処かへ遠出でもしようか。君は最近忙しそうだし少しは気晴らしになるかもしれない。前から一度、北鎌倉の建長寺から由比ケ浜海岸に続く、ほぼ下るだけの緩やかなハイキングコースを散策したいと思っていたけれども、君は行ったことがあるだろうか」と、Sは後戻りし得ないように具体的な計画を切り出す。

　そして、Sは迷っていたが結局公務員を選択した。

「そのハイキングはどのくらい歩くのかしら」と、T子は体力に自信がないせいか如何にも不安げに問いかけた。彼女は体力的な面からか元々出不精なところがあり、Sの提案に余り乗り気ではなかったが、今回は就職は見送ったもののSの公務員試験の合格という区切りもあったから渋々ながらも同意した。

「ひどく性急で申し訳ないが、もし天気さえよかったら次の日曜日はどうだろうか」と、Sは後ろ向きのT子に対し、気変わりする余裕を与えないように日程まで一気に畳み込んだ。

「こんな時のためにアルバイトで貯めておいたお金があるから、たまには贅沢して食事を奮発するよ。海でも眺めながらゆっくり外食でもしようか。お母さんには、いつも休日に作ってくれる図書館で食べるお弁当はその日は作らないように伝えてください。日頃のお礼も忘れずに言っておいて」と、Sは弾む心を隠し切れず、日程の調整やら当日の食事の段取りを進めることに怠りない。

Sのその動きは、長い間地下に潜んでいたモグラが自らの現在地を確認し、漸く季節の移ろいを感じて多少束縛から解放され、頃合いを見計らって地上に首を出し、如何にも嬉しそうに世情を見渡しつつも、自分がこれから何をなすべきか戸惑っている姿にも見えた。いずれにしても、梅雨入り直前の日曜日、級友たちに取り残されたSが鎌倉の日帰りハイキングにT子を誘った経緯は以上の通りだった。

由比ケ浜にはたまたまSと同じ苗字の大学の友人がいて、自宅に招かれたことがあった。彼の父親は元『特高警察』（戦前の秘密警察）だったという。彼の家を初めて訪問したとき居間で寛いでいた父親に挨拶したら、同姓のSを興味深そうに眼光鋭く一瞥し会釈を返すと、そのまま自分の部屋に籠った切り食事の時間になっても顔を見せなかった。父親のその態度は元々性格が偏屈なのか、或いは特高警察の影響を引きずっていたのかわからない。鎌倉は一歩足を踏み込めば頼朝から引き続く武士の名残を色濃く留めており、父親の戦前の印象と重なって忘れ難い。

一方、母親は穏やかな人柄で如何にも優しそうな人だった。友人の性格は母親似だったのか。ただ本人は、古書店で購入した表紙が変色したヒットラーの『我が闘争』を読んでいたから、一概にそうとばかりは言い切れない複雑な心の持ち主だったのかもしれない。それはともかく、そのときの彼の両親を見て、夫婦の釣り合いとは面白いものだと思った。それ以来、社寺仏閣に観光客が溢れる見物を避けて何度か彼の家を訪ねたが、ハイキングに鎌倉を選んだ理由には、アンバランスな性格が微妙に均衡する友人の両親を思い出し、自分とT子との関係を較べてみたかったこともある。

建長寺は、北西方向に直線距離で五百mの位置にある明月院（通称アジサイ寺）と並び、北鎌倉に立地する緑に囲まれたアジサイで有名な寺だ。入梅前の雲ひとつない或る晴れた日曜日、かつて住職の手によって高木の間隙に植栽されたアジサイは、建長寺に至る通路を含めて境内の内外一帯に、白、青、紫などの花が勢いよく咲き誇っていた。恥ずかしいけれどもSは植物の知識が全く欠落していたから、アジサイとは如何に植栽されれば見栄えがするかということを、そのときの参観によって初めて理解した。

草木（そうもく）とは、近くから一枚一枚の花弁を分析的に観察するよりも、遠くから一体として眺める均衡が取れた構図が素晴らしい。Sは観察の対象に接近し微細を愛でる（め）ことには殆ど関心がない。枝ぶりを何度も確かめて、杉と檜（ひのき）の違いが漸くわかる程度の能力では、異なる色合いから遺伝情報の規則性に閃く（ひらめ）ような植物学者には間違ってもなれない。人の関心、興味はそれぞれであるが、額縁を通し目に入る景色の位置取りを自在に移し替える構図には、何か隠された秘密でも存在するのか。「ある、ある」、それは全体を俯瞰し細部を的確に補塡（ほてん）する

Sが重視する思考の手法だろう。細部を取り扱うに際しては、個々の立ち位置と全体との均衡を絶えず意識し、微細な対象に焦点を絞った分析的な観察とは視点を変えた別の細やかさが要求される。

アジサイには、料理屋のお通しのようにお客に選択する余地がなく、意気込んでお店の引き戸を開けたまではよかったが、美味(うま)いも不味(まず)いもなくこれでもかと自慢げに強制され、奮い立った気持ちの出鼻を叩(たた)く多少の鬱陶しさが感じられる。アジサイは、本人の不如意(ふにょい)な感想はともかく小雨に煙る環境にあってこそ、梅雨時の季節感が感じられ似合っているのかもしれない。

その日は梅雨(つゆ)入り前の雲ひとつない晴天であり、アジサイの季節感に関するSの感想とは大分(だいぶ)様子が違っていた。しかし何事も考えようであり、その分晴れ渡った天気に誘われて久々に地上に出た心地好さは格別だった。モグラのような生活から抜け出したその日、Sは恐る恐る首を伸ばして世間の様子を見渡し深々と新鮮な空気を吸い込めば、それは料理屋のお通しよりも遥かに清々しいものであり、自ら選択した生き方の自覚に支えられ、自由の香りが切れ味鋭く辺り一帯に漂っていた。

咲き誇るアジサイによって、忘れかけていた季節感を何かの拍子に呼び戻されたSは、混雑をかき分けながら辿り着いた境内の景色を一息入れて眺めていた。一緒に並んでぼんやりしていたT子は、「もうすぐ入梅ですね。今日は鬱陶しい長雨の前の最後の晴天ということでしょうか。あなたはどうやら晴れ男のようです」と、何かと考えさせられる意味不明の言葉を呟いた。T子は前方の景色を眺めているようでもあり、或いは時々心に浮かぶ何かを見据えているようでもあり、特にSに向かって語りかけていたわけではないように見えた。この曖昧な態度こそT子の際立った持ち味であり、そして何とも不可思議なところだった。

　T子が呟く「もうすぐ入梅ですね。今日は鬱陶しい長雨の前の最後の晴天ということでしょうか。あなたはどうやら晴れ男のようです」と、Sを評価する趣旨は順接か逆接かよくわからない。或いは、両義が含まれ何とでも解釈し得るものかもしれないが、額面通り素直に受け止めようとしても、心の歪みが見え過ぎてどうしても考え過ぎるから、なかなか正答が見い出せない。Sに対するその後の冷たい仕打ちを考えれば、その呟きに含まれる意味を一度立ち止まって吟味する必要があったことは確かだろう。それは別れの大よそ一年半前のことだった。

　少なくとも、T子はSの人物評価に関し語っていたのは確かだったから、直接Sへの問いかけではなかったが、その呟きに対して相槌を打ち故意に見当外れの返答をした。「この天気はたまたまだろうが、例年のこの時期に較べれば再び目にし得ない稀に見るハイキング日和には違いない」、疑義の焦点は、Sに対する天気を借用した人物評価ではなかったのか。まあ、これ以上追及しなくてもよいだろう。返答の細部をあれこれ悩まずこの爽やかなひとときを楽しめればよいではないか。

「今日は、幸いにも天候に恵まれて心地が好くてよかった。久しぶりに忙しない都会の喧騒を抜け出し、日ごろ味わえない爽やかな空気が漲る郊外に、こうしてふたりで来られたのだからこれ以上の贅沢は望めないです」と語るＴ子に、「何を言っているのか」とハイキングを誘ったときの余り乗り気でなかった態度を思い出す。Ｔ子に何処かちぐはぐさを感じながら心ここにあらずと思ったけれども、気分を変えて天を仰げば晴れ渡った大空が心地好く、些事への拘りから解放された。

その身で直に自然という実物に接すると、机上では味わえない心地好さを実感する。外気に触れれば、心の不調は子供のころ遊び回った田舎に帰ったような伸びやかな気分になり、すっかり和らぐのには驚くしかない。それは、地下の薄暗いジャズ喫茶に陣取って煙草を吹かしながらやたらに苦いコーヒーを啜り、その数年前に死んだ支離滅裂なジョン・コルトレーンのサックスに聴き入り、酔い痴れる世界とはまるで違う。煙草の煙が充満する穴倉の中でリズムを取る瞑想は、確かにひとつの深みのある世界には違いない。しかし、心の病はそれによって快方へと向かわず、彼が奏でる音楽に乗せられて、ますますのっぴきならない深みに嵌まって行く。本人たちはそれを承知で受け入れ、当時の青春のスタイルに酔い痴れていただけかもしれない。その証拠に、老いてなおコルトレーンに聴き入る者は数少ない。

「この澄み切った空気は勿体ないから欲張って沢山吸い込み、心の中にしっかり溜めておこうではないか」と、Ｓは一応まともに応答するが、ふたりの会話は話の内容がちぐはぐで何処か嚙み合わない。言葉のやり取りの齟齬を埋め戻してその場を何とか凌ごうとしても、心の隙間を埋めるための共通する話題が見つからない。もし、両人が話題探しに奔走し互いに気遣いばかりしていれば、どんなに好きな相手であっても心は忽ち疲れ果て、早晩ふたりの関係が破綻するのは目に見える。

肩に力が入った他人行儀な調子では、相手を無理やり引き留めてまで交際する意味はないだろう。もし、本当に相手が必要ならば、放置しておいても受容と拒絶の調和は取れるからいずれふたりの関係は改善する。元々ダメなものは、どんなに横槍を入れて強引に繫がりを維持しようと画策してもただ崩れるだけであり、力ずくによる人為の操作は全く効果がない。ギクシャクする状態は期が熟すまで根気強く待ち続ければ、自ずから黒白が判明する。

ふたりは寄り添って、境内に咲き誇るアジサイをひとしきり観賞した後、寺から幾分離れ人の手が遊歩道のように加えられた登山道の入り口に向かった。この先はいよいよその日の目的のハイキングコースになる。山道は以前同姓の友人と途中まで歩いたことがあり、T子に負担がかからないように配慮した、ゆっくり歩いても三時間程度のコースだった。高所でもせいぜい海抜百五十ｍの低山であり、尾根伝いに道標も多いから道に迷うこともない。前半はやや上り気味の箇所もあったが、後半は海岸に向かって概ねだらだら下りの、就学前の子供でも歩きやすい行程だ。

それは、体力がないT子でも古都の自然を余裕を持って満喫し得るだろうと、彼女に合わせて企画した散策に毛が生えたようなものだった。Ｓは就職するかどうか迷っていた官庁の仕事がどんなものか考えながら歩いていると、後方から「あなた、もう少しゆっくり歩いてちょうだい」と、遅れがちのＴ子の声が聞こえたので振り返り、彼女の歩速に合わせて歩みを緩めた。その日のハイキングによって、Ｓが必ずしも十分知らなかったＴ子の健康状態は白日の下に晒された。

名の知れた自然公園の登山道には敵わないが、武士の時代から変わらない緑豊かな奥深い山々は、一旦足を踏み入れれば大都会の外縁の一角にあるとはとても思えない、遠く人里を離れた静けさに包まれていた。人が歩きやすいように隈なく足元の整備が行き届き、至る所に人工の匂いがしたけれども、人工物の評価は視点を何処に置くかによって善し悪しが左右されるだろうし、また小道を利用する者の心身の条件は様々だから、その人にとって手が加えらない自然が常に人工物に勝るとは限らない。人は手つかずの自然などという耳触り（みみざわ）のよい言葉に影響され、対象を歪めて評価する嫌いがある。

人工の臭いが染み込む簡便な娯楽であっても、その人がそれに見合った能力しか持ち合せなければ、分相応の楽しみには違いない。ハイキングのルートが手ごたえ不足で不満があれば、危険だからと誰も止めやしないから、生命をかけて絶壁が迫る山岳ルートにでも挑めばよい。初心者に適したハイキングコースは、設置者が想定する相応の適材が利用すれば、散策もどきの楽しみを提供するという所期の目的は達成される。施設とは目的があり利用が伴わなければ無駄のかたまりに過ぎない。

注意深く日常の風景を見渡せば、周辺の高層ビルの間隙には日ごろ何気なく見逃している小さな寛ぎの空間が数多く散らばっていた。それらが存在することに気づかないのは、何かと雑事に追われる本人が一息入れて足を止める余裕がないからだろう。前ばかり見ていたのでは、躓いて転倒するかもしれない足元に散らばる小石だけに限らず、そこにあるのが当然だと思っている素晴らしい寛ぎの宝物にさえ気づかない。宅地開発の設置基準によって強制的に設置される住宅団地の公園は、雑草が伸び放題であり、ベンチに座る人の姿を見たことがない。

人は、往々にして遠くの理想にばかり目を奪われ、慣れ親しんだ日常に転がる価値ある宝物を見逃しがちだ。その場を離れ身近な対象が抱えていた興味深い姿を思い出しても、時既に遅く後の祭りになるのは、大切な人の死に際して悔やまれる未達の思いだけとは限らない。人は、残念ながら物事に隠された真実を何もかも見通せる力を持ち合わせていない。それだからこそ自らの能力のなさに歯痒さを感じながらも、喪失感が漂う奥深い心の物語が生まれる。

へそ曲りのないものねだりをして、低山のハイキングコースに凛(りん)とした冷気が漲る高山の緊張感を求めるのはお門違いだろう。それは、未就学児に対して自慢げに文学を語っても、相手を取り違えているのと同じことだ。語りとは、相手を選ばなければ何の意味もない。さて、低山は低山なりにそれぞれ特有の魅力がある。例えば、緩やかな地形の変化に沿って、目の前に広がる海岸線に繰り返し白波が打ち寄せ、リズミカルな心音が聞こえるような錯覚に陥ることがある。それは、近くに波立つ海を臨めない高山には期待し得ない、普段着の安らぎにどっぷり浸って心が弛緩するひとときだ。年老いれば自ら登頂することが叶わないアイガー北壁よりも、名も知れない近隣の野山の山行がよく似合う。それは心身の状態に導かれる理想の格下げだろうか。

その時々に与えられた生存の条件に対し背伸びせずに自らの能力を合わせれば、その分余計な心を煩わすことはない。各場面で必要とされる判断は、対象になる山々には本来高低差などの個性の違いを考慮すべきであるにも拘わらず、山という概念に一括り(ひとくく)にされて成り立ちが全く異なるものであることをうっかり見落とし、同じ土俵で競わせる誤りを生じさせかねない。ひねくれ者がないものねだりして問題をすり替えれば、本来素朴なテーマが目の前の複雑な現象に紛れ込み、頭の中が混乱して一向に整理がつかない。両翼に手を広げる欲張りも程々にしないと、議論の焦点が拡散して不明になるだけだから、衰えた能力を効率的に活用しようと自戒する。人の愛好と選り好みの整理は現実とのバランスがほとんど難しい。

余分な装飾を省いて判断の対象となるテーマの本質に収斂(しゅうれん)し、その何本かに的を絞ってフォーカスすることは困難を極める作業だった。しかし、どんなに難しいものであっても人生において遭遇する諸々の事象を見極めるため、重要度に応じて案件を整序することは欠かせない。パッとしない地味な積み上げ作業を要求され、過重な負担がかかるように感じても、作業を軽視して疎んじることはできない。いずれの世界にあっても華やかな表舞台に登場するためには、観客の目に触れない長く苦しい下積み生活があることを改めて肝に銘じるべきだろう。

暦を捲れば入梅はそこまで迫っていたけれども、その日はまだ湿度は高くなく、僅かに春の名残を留めるそよ風がふたりの頬を心地好く撫でる。Sは人影が途切れた隙をみて、茂みをかき分け抱き合う場所を探し出した。「この辺りで一休みしようか……もっと私の傍においで」と、T子を誘う。T子はSの衝動をそれとなく感じていたようであり、誘いの意味を理解してこっくりと頷く。

T子はSの言うままに、いやむしろ自ら進み新緑の野草の上にゆっくり身体を投げ出した。そして、「後は任せます」と言わんばかりに、伸びやかな肢体をSに委ねて目を瞑った。Sを信頼しその身を無防備に晒す一連の仕草がSにとっては何とも愛おしく、何があってもT子を手放さないと心から思った。初夏を間近にしていたものの、山の気候を考慮して持参した薄手のコートからはみ出し露になった膝頭に目を奪われたSは、若い欲情を刺激され待ち切れず、そそくさとズボンを下ろして自分が先に裸になると、荒々しくT子の淡い水色のスカートをまくり上げ、身をよじる彼女の下半身を剝き出しにしてT子の身体に覆いかぶさった。

暴力の臭いがしないでもない余裕がないＳの行為を恐れたのか、少しばかり腰が引き気味の彼女の態度に一層刺激され、露になった薄い陰毛に覆われた身体の芯を目がけて忙しなく挿入した。ふたりは何と言っても若かったし、力が有り余った粗雑な行為は周囲の危うさなど全く顧みない。そよ風に吹かれて若葉が微かに揺れ動き、その間隙から今見たばかりのアジサイの鮮やかな彩りが、脳裏に浮かんでいたと思ったのはＳの錯覚だったが、そのとき以来Ｔ子の裸体とアジサイは切っても切り離せない。

Ｔ子は、行為の初めこそ受け身になってＳになされるまま身体を預け、何処か諦めにも似た冷めた表情だった。その反応は、後々顧みれば恰も初めて男を受け入れる処女のようであり、ぎこちない身のこなしに緊張する様子が見て取れたけれども、目を瞑り身体を強張(こわば)らせる本当の理由はわからない。抱き合う場所が草むらの陰という事情があったのだろうが、Ｔ子はやはり妊娠の適齢に達した若い女だった。彼女の身体の芯は瞬く間に潤い出し、その瞬間に近づいたのだろうか、夢中になって腰を動かし、「ああっ………、ああっ………」と、周囲を憚ることなく善(よ)がり声を上げ始めた。

当たり前の話だろうが、どんなに腺病質のＴ子であっても、その生理的反応は他の若い女性と変わるはずがない。彼女はＳに抱き着き、周囲を憚らず息急(せ)き切って善がり声を上げ続け、突然その声が止んだと思ったらあざがつくほどＳの首を強く吸った。性愛に淡白そうに見えたＴ子だったが、見かけとは違って辺りを全く気にせず声を上げたり吸いついたりとても忙しなかった。

　思わぬT子の善がり声にSは慌てて、「しぃ〜っ、茂みの先を人が歩いているからちょっと静かにして。そのまま身体を動かさず、声を立てずにじっとしていて」と、右手でT子の口を押さえて発声を制止した。その瞬間、頬を紅潮させたT子はわなわな口元を震わせながら、Sの指を出血するかと思われるほど強く嚙んだ。「痛い」、思わず声を上げた。次々と途切れずに小道を歩く男女の話し声が草薮（くさやぶ）の向こうから聞こえて来たが、下半身裸になって身を潜めて交わるふたりに気づく者はいない。

　ふたりは、そのとき欲望を自制する力を失っていたのだろうか。避妊用具も着けずに果てたから、もし妊娠していればふたりの関係は別の展開になっていたかもしれない。慎重なT子は、万が一の危険を自覚しながらも我が身を守ろうともせず、Sを受け入れたことは間違いなかった。妊娠しなかったのはふたりの意思とは無関係だったが、今となってはそのことが幸か不幸かわからない。次に求めたとき無防備では応じなかったということは、そのときの彼女の対応は爽やかな自然に誘導された、気まぐれな衝動に過ぎなかったということだろうか。ただ、T子の慎重な性格からすれば、意思的な選択だと考えるのが妥当かもしれない。いずれにしても、万事手抜かりがない彼女にしては、後にも先にも何とも不可思議な対応だった。

　熱い眼差しを向けられれば、Sを誘う仕組まれた危険を承知していても、沸き上がる欲望を抑え切れず、本人に纏わる世間のしがらみなど物ともせず、一直線に突っ走る姿は今も昔も変わらない。公職の身から解き放された昨今は、むしろ社会的に配慮すべき束縛がなくなり自制心に依存しなければならなくなった分、欲望の発散は野放図に近い状態かもしれない。社会活動の最前線に立つころは、度々発生する周囲の争い事の相談に乗るなど雑事の処理に忙しく、日々多忙な職務を遂行することによって、高齢のS自身の体力が消耗するという奇妙な均衡が図られ、目に余る夜の徘徊は幸いにも回避された。その結果、公私共に破滅的な危機は抑止され、外見上人並みの穏やかな生活を送っているように見えただけに過ぎない。

　Sの活動の全盛期には、身を滅ぼす危険が背後に忍び寄る差し迫った状況にあったときでさえ、常識を外れた規格外の欲望を抑制する余地はないにも等しかった。組織の中枢にあれば、取り巻きの連中には、Sに嫌われる危険を冒してまで諫言(かんげん)する者は見当たらず、夜な夜(よよ)な徘徊するその姿は、まるで野放しの野生動物そのものだった。また、S本人は多少品位に欠ける性行など、バレたらバレたで世の中何とかなるものと高(たか)を括(くく)っていたから、蛮行には全く歯止めがかからなかった。

　そんないい加減な好き勝手な態度で振る舞って、よくぞ今日まで大過なくその身を持ち堪(こた)えて来たものだと、Sは自らの幸運に改めて嘆息を漏らす。正直に明かせば、にっちもさっちもいかない警察沙汰の修羅場に何度か直面し、顔は青ざめ唇をガタガタ震わせたこともあったけれども悪評を買うまでには至らず、その時々の局面に応じ何とか対処し得たものだから、騒ぎが収まれば性懲りもなくまた何度でも同じ過ちを繰り返した。見方を変えれば、そうして生きるしか選択する余地がなかったと言えるのだろう。自慢にはならないが、欲望を満たすために犯罪以外は何でもやって退けた。持って生まれた因果な性分は変えようがない。

　反省の色も見せず危うさを軽視する態度は、とても度胸などと言えるものではなく、欲望に打ち負かされて抑制が利かないただの悪癖に過ぎない。もし、どうしてもそんな生き方が心配ならば、好き好んで危険に接近しなければよいと思うが、人とは容易に理屈では割り切れない、因果な性分に支配された厄介な存在かもしれない。生理は道徳を打ち負かし、道徳に強制が伴えばそれはもはや刑罰でしかない。人間の本質を顧みない禁欲的な宗教などSにとってなお意味がない。大きなことを言う割には、周囲に対し過剰に気兼ねする常識的な態度を何と評価すればよいのか。

　それまでにもT子とは何度か身体の関係があった。何処で覚えた知識か知らないが、果たしたい一心の男とは野生動物のように、到底逆らえない存在だとでも思っていたのだろうか。その日は、人が行き来する昼日中の危うい野外であったにも拘わらず、T子はSの突然の要求を拒むことなく、それも避妊用具も着けずに受け入れた。多少不健康なせいもあったせいか、「ああっ………、ああっ………」と、性交中抑制気味に善がり声を上げたりSの首に吸いついただけであり、我を忘れて力一杯相手に抱き着いて、目を潤ませながら肢体をよじって躍動する反応はなかった。もっとも、Sはその当時女性経験が少なかったから、T子に対する成人雑誌の受け売りのような評価が、果たして当を得たものであるかどうかの自信はない。う〜ん、確かに善がり声を上げげたり吸いついたりしたことは、夢中になった証しとして十分ではないのか。

ふたりの秘事に関しては、余り深く考えない方がよいかもしれない。あの瞬間T子に指を噛まれて、「痛い」と思わず声に出したのは、そそられて夢中になったSではなかったのか。その日の意外に激しかったT子の反応を、三歩も歩かないうちに忘れたとでも言うのか。まあいいか。抑制気味の反応も女としての喜びの表現であり、世間は広いからそんな女性を好きな男もいるだろう。男と女は、放っておいてもパズルのように足りない箇所を埋め合わせ、釣り合う相手を求めて補塡し合う関係かもしれない。世の中は最適な相手を探し求めて隙間なく男と女に埋め尽くされるが、その際もう一歩と欲張りな条件を追加し離合集散する法則は、動物に限らずどんなに凸凹な男女の組み合わせであっても、その本能に例外はない。

T子の性的な反応は身体上の特徴に由来するのか。制約された身体条件に合わせてゆったりと生活のリズムを刻んで生きるT子は、生活態度が何事にも性急なSとは対照的であり、或いはその違いはふたりが疎遠になった理由に挙げられるかもしれない。性愛の嗜好は、間違いなく人の生き様の根幹を支配し、極端な場合折角結ばれながら相手を受け入れられないカップルもあると聞く。彼らが別れる理由は表向き例外なく性格の不一致であり、両人の確執の中身は一切表沙汰にならず、真相は闇の中に閉ざされて明かされない。また今日も一方が抱こうとしても他方が嫌がれば、ふたりの成り行きはそれ以上多くを語るまでもない。

Sはこの年になって、ふたりの過去の関係を漸く客観的に捉えられるようになったが、今さら生き方のリズムの違いを理解しても時既に遅く、水と油だったふたりの関係は、長い時を隔てた今日どんなに都合よく勘違いしても、酒を片手に空想する以外に昔日の姿に復することはない。幾重にも積み重ねられて過ぎ去った時間は、時々頭をもたげる不満な思いに対し、よき母の子供の躾のようにピシャリと無理な要求を撥ね除け、押しても引いても鋼鉄の扉のようにビクともせず思い入れの糸口さえ与えない。本音を明かせば、世間に数多く潜在する配偶者がいながら夜陰を彷徨する片割れの気持ちは、とても他人事とは思えない。

さて、汗ばんだ身体に纏わりついた身なりを整えて、それからまた小一時間ほど歩いただろうか。次々と周囲の地形が移って行くなだらかな下りに差しかかった山道の峰の窪みから、遠くに海が見えたり隠れたり変化に富む景色を眺めてゆっくり歩いた。狭い山道はふたりが並んで歩けないためSが自ら先行し、時々後ろを振り返り、交わったばかりの生々しい感触を思い浮かべながら、遅れがちなT子の体調を気遣い、歩速を調整しながら歩く。若さのど真ん中にあったSに疲れはない。

その日のSは、それまでアルバイトと勉学に明け暮れ、忙しなく追い詰められた日常からすっかり解放されて寛いだ気分になり、海辺を目指す足取りはリズミカルで軽やかだった。人の幸不幸とは泣いても笑ってもひとつ所には止まらない。そのときSは、移り行く景色に促され、自在に動く身体を通して心が滑脱に弾む不可思議な体験をした。それは机に向かって静止し思索するだけでは体感し得ない、固着した気持ちが環境の変化に伴って、新しい状況に辿り着く心の動きと言えるかもしれない。「さあ、これからが自分にとっての出発だ」と、飛び跳ねる心に誘引され先々を見据えて決意する。交わりに触発され新しい生命の力が起動したのか。

　山道をほぼ下り切って大きな左カーブに差しかかったとき、Ｔ子は突然両手で頭を抱えてしゃがみ込んでしまった。Ｓは何が起きたかとびっくりし、「どうしたの、大丈夫か」と、彼女の身体を支えて声をかけると、「いつもの目眩だから大丈夫です。心配しないでください」と言ったきりそのまま黙り込んだ。突然の出来事に彼女の傍らでおろおろ心配するが、本人が病状の詳細を語らないからどう手助けしてよいかわからない。結局Ｔ子の動きを見て余計なお節介を焼かず、日ごろから症状への対処を熟知する本人に任せるしかないことを察した。

　Ｓは、Ｔ子に向き合い腰を下ろして見守る以外になす術はなく、症状が落ち着き回復するのをひたすら待った。それは、Ｔ子の持って生まれた低血圧を原因とし、時々発症するが生命には特に支障がない目眩であった。どんな症状かと言えば、本人の説明によると、例えば健康な人でも酒に酔って熱い風呂に長々と肩まで漬かり、いきなり立ち上がったとき、しばしば体験する目の前が真っ暗になる目眩に似ているらしい。生死に拘わる致命的なものではなく、暫くすればいずれ回復することはわかっているが、その症状は慣れているとはいえ本人にとって辛いことに変わりはない。

十五分も経っただろうか、漸く症状が落ち着くと、「もう何でもないわ、大丈夫です」と、恰も会社の来客の接遇を勘違いして思い出したかのように、忙しい残務整理に一区切りがつき闇の世界から何事もなく抜け出し、シャキッと立ち上がりSの道案内でも始めるつもりなのか。T子は再び海岸に向かって、まるで別人のようにリズミカルに歩き出す。もし、目眩を目撃した者が周囲にいれば、今にも卒倒するかと思われた地震にも似た大騒動であったにも拘わらず、直前のそんな深刻な様子を少しも感じさせない元気な姿に戻ったのには、ただ驚くばかりだろう。T子は静と動の落差に戸惑うSを尻目にその前方を勢いよくさっさと歩く。

慌ててもどうにもならない持病への対応とは、慣れっこになって受け入れる本人にしかわからない。それは積み上げられた体験に裏打ちされ、半ばの諦めと重篤な事態を見逃さない絶妙な処置かもしれない。元気に歩き出すT子の姿を見て、ストレッチャーに乗せられて山道を運ばれ救急病院に搬送されずにホッとした。病気に縁がない若いうちは、事をなすには健康に勝る条件はない、という素朴な金言にはなかなか気づかない。気づかないことは順調な証拠であり素晴らしいが、その状態は人生において長く続かないことは街中の病院の混雑振りを見ればわかる。

風もなく目の前に広がる穏やかな海辺の時間帯は、恰も美術館に飾られた現実を遥かに超えて自己主張する、静止した一幅の絵画のようだった。山道の終点から歩みを進めた砂浜の一帯は、磯特有の多少気になる魚の臭いが漂っており、また遠方の沖合を眺めれば、何艘かのヨットがふたりを乗客として待っているかのように、プカリプカリと浮かぶ手持ち無沙汰なのどかな風景が広がっていた。ただ、鑑賞するその静止画は、いつの間にか動画のように別の映像に変化し、これぞと思う構図を特定し再現することは難しかったから、油断して目が離せず気が休まらない。この世には、温度と湿度の管理が行き届いた美術館に収められた絵画のように、静止して留まるものは何ひとつない。

何事も起こらないだろうとの世間の定説にひととき安住したのか、Ｓは心地好い安らぎに促され、水平線に向かって突然大声で叫ぶ。「お〜い」。その叫びは瞬く間に大海原に吸い込まれ、力んで発声した痕跡は一切合切かき消されて、まるで何もなかったかのように旧に復する。Ｓの叫びに託された歓喜の衝動は、つい先ほどまで持病を抱えるＴ子に激震があった後の情意の発動とは思えず、その一日を通して何の悩みもなかったものと勘違いした生理的反応か。一旦かき消された叫び声に遅れて、波間に漂う男と女が重なり合う幸せが、打ち捨てられた浮遊物のように、遠方まで見渡せる海岸線に寄せてはまた返す。その幸せには重量感が感じられず、ふわふわと宙に浮き夢か現実かの区別がつかない不可思議な時間帯だった。

このように、日々がいつも穏やかであればよいとは思うが、平穏とは人生の或る瞬間の切り口に過ぎず、現実は絶えず変化するから恒久の安らぎは静止した絵画の中にしか存在し得ない。一歩譲って、仮に平穏無事が連日続いたとしても、多動性障害を抱えたようなSの性格ではその単調さに飽き飽きし、興味の赴くままに自ら進んで危うい世界を求め歩き、社会、経済のカオス状態に飛び込み行方を晦ますかもしれない。恵まれた現状に感謝せず何を贅沢を言うかと思われるかもしれないが、Sに限らずその程度の我がままな行為は、時々人に見かける普通の態度ではないのか。

世の中には、Sの予測を遥かに超える変化に富んだ諸相があり、それらは正と負のエネルギーが混在するから、社会の平穏にしろカオス状態にしろ敢えて自ら求めなくてもいずれ向こうからやって来る。現実に発生する人生の多様な障害は、いちいち本人の都合を配慮し手加減しないから、もし小生意気に日々の平穏が退屈だからと軽視すれば、時には事態は想定外の変化を遂げているかもしれない。そして、それは当事者以外にも周囲を巻き込み本人の手に余る大騒動になり、人の生命さえ奪われる災厄に発展するかもしれない。従って、思いつきの行為であっても、それなりに秘めた覚悟と準備がなければ後々後悔することになる。

T子は、何度か身体を重ねるうちに、自らの五体は他人に一歩も引けを取らないと虚勢を張って、Sに対し弱点を隠し我慢する必要がなくなり、忍耐の堰を切ったようにありのままの姿を一気に曝け出した。その結果、ハイキングのときの座り込みに類似した場面に何度も出くわすことになったが、幸か不幸かいつの間にかその対応にも慣れ、突然の目眩にも慌てることなく、ひたすら症状が沈静化するのを待つという対処の仕方を身につけた。それは、Ｓが家族と同様Ｔ子の健康状態を承知して受け入れ、Ｔ子の安心を保証することを意味した。

目眩はＴ子の生存形式だからと慣れ親しんで受け入れることは、彼女に対する一種の適応だった。そうでもしなければ、症状が発生するたびにあたふた翻弄されＳの負担が過重になり、ふたりの間に依存の偏りが生じるから、持ちつ持たれつの対等な関係を維持することは難しい。受け入れに際して注意すべきは、慣れ過ぎは症状を軽視し危険の兆候と見なさず、背後に隠れた別の危機を見逃し重篤な事態を招く恐れがあることだろう。素人が刻々と変化する症状を見計らい、過不足なくさじ加減して何事もなく対応するのはサーカスの綱渡りにも近い。そうかと言って、過剰な心配ばかりしていては身が持たないし、いずれにしても家族の中に病人をひとり抱えることは、愛情と煩わしさのジレンマに陥り長期にわたって穏当に対処することは難しい。

Ｓは、度々生じる事象をその都度悩んでいても疲れるだけだから、結局成り行きに任せて対処するしかないと諦めるのか。物事はどんなに悩んでもなるようにしかならないし、不徹底を推奨するわけではないが、事の次第は手を加えた割には本人が悩むほど差がないかもしれない。多少込み入った病の兆候を見過ごすことは、ルーチンワークに終始する臨床医でも時々見かけるから、素人が完璧を期そうとしてもお手上げだ。基本を疎か（おろそ）にしてよいわけはないが、過剰な取り越し苦労は疲れるから止めるべきだと思うが本人の気質は変えようがない。

T子の症状に慣れ親しんで受け入れる効用と病の回避を両立させることは、重篤な病に関しては机上論でしかあり得ない。世間に言う一病息災とは、抱える病状の全容を見渡せてしかもそれに対し管理が行き届くこと、言い換えれば長年の慢性病と同居しつつ穏当な日常生活を管理する巧妙な手綱捌きを指す。その状態はまさに慣れの効用と重篤な病に至ることを回避するT子の問題を解決するものであり、それは無闇に医療に依存せず生命を管理する賢い方法かもしれない。特に、痛い痒いの主観的症状が中心の訴えは、予断に影響され短時間の医師の診察によって原因を喝破することは難しいから、本人が自らの状態を熟知する日常を管理しなければならない。実際には起こらなかったが、彼女への想いと引き換えに生涯抱える厄介な負担を引き受けるべきかどうかは、確かに難しい判断には違いなかった。

「あなたに慣れ親しんで受け入れる『平穏な日常』と、それが長くは続かない『破綻のリスク』とは、どう考えても整合しないのではないかしら」と、T子は、今にも自分に向けられるかもしれない一病息災の話を先取りし、それもよく吟味しないと素通りしてしまいそうな複雑な思いが詰まった本音を、さり気なく言葉巧みに展開する。当時の若いSが特別愚鈍でもない限り、自分の話に素早く反応し、重い示唆が含まれるT子の指摘をうっかり聞き漏らすはずはない。

その言葉には、婉曲的ではあったが別れの決定的な理由が含まれていたから、本音を耳にしたＳは愕然とした。「Ｔ子、君の声が小さくて何の話か聞こえなかった。『平穏な日常』とか『破綻のリスク』とか言っていたようだけれども一体何のことか」と、聞こえなかった振りをし、緊張を抑えてＴ子に尋ねた。Ｔ子のストレートなＳへの気持ちを確かめようとしたが、聞こえていたのか聞こえない振りをしていたのか、話はその先に進まなかった。よく考えれば、その話題は皮肉な判断を込めた微妙な内容であり、繰り返して聞くようなものではない。

　さて、Ｔ子の目眩（めまい）と、学生時代のアルバイト中に被（こうむ）った交通事故の後遺症として苦しんで来たＳの目眩とは、何処がどう違うのだろうか。目眩は、耳鼻科や脳神経外科、更に循環器内科に関係するものまで多岐にわたる。事故以来この数十年の間に各分野の研究は目覚ましく進歩し、目眩のメカニズムと対処方法は徐々に明かされたが、残された脳内作用の異常に関する神経内科の分野はまだ未解明の部分が多い。Ｓの目眩が固着したのはＴ子と別れた後だったから、それはＳが望まないにも拘わらず、恰も類似する症状を抱えたＴ子の名残を思い出すため、未練がましい手がかりを残すようなものだった。目眩だけがふたりを繋ぐ絆であれば何とも寂しい限りではないか。

　Ｓの目眩は、病理が明らかなＴ子のものとは違い、脳内のいずれかの箇所が突然ショートし、時と所を選ばず予告せず地震のようにやって来る複雑怪奇な現象だ。昨今のＣＴスキャンやＭＲＩは出血や骨折など外科的な所見の確認に有効な検査機器であり、目に見えない目眩や手足の痛み、痙攣（けいれん）などの病理の解明には余り役立たない。Sが抱える症状の究明と施療に関し現代医学は殆ど無力なばかりか、脳内を丸裸にし今にも解決しそうな期待を持たせてSの生命を翻弄し、結局得体の知れない混迷する闇へと追い込む。原因に辿り着けない能力不足の医者は、診察が終わると決まったように、「余り気にせずゆっくり生活しましょう」と、心理的な方向に話題を振って病名の診断に関しては一向に埒（らち）が明かない。原因に辿り着けないこの一病息災は、主観的な患者の訴えが中心だから、本人がどんなに辛くても周囲の理解を得ることは難しい。昨今Sの病状は悪化するばかりであり、いよいよ歩行にも難儀するようになった。

　地震の揺れには予想すらしない激しい揺れもあるだろうが、その目眩は揺れの激しさは地震とは較べようもなく、ボクシングのパンチのように一撃でSを卒倒させ圧倒的な不安に引きずり込む。その症状は交通事故以来今なお続くのだから、日々いつ落ちて来るかわからない爆弾を抱えているようなものだった。その辛い症状を切り離したくても、半世紀以上にわたって日夜Sの生命に影のように付き纏う、拒み切れない生存の証しになってしまった。それは、一病息災などと軽口をたたいて生涯耐え忍ぶには、余りにも苛酷な生存の条件だった。しかし、原因が不明で治療法がなければ、それこそ肩の力を抜いて「余り気にせず……」死ぬまで付き合うしかない。

　もし、それが生存に欠かせない自らの表現形式であれば、生き続けるためにはたとえ不本意であっても、与えられた重荷を背負って歩むことを受け入れるしかないだろう。そしてそれは、好き嫌いに拘わらず本人には全く選択する余地がない。重荷を抱えて生きる人は、この世には星の数ほど存在するだろうが、本人が苦痛の渦中にあれば自分以上の悪条件を抱える人を登場させ較べてみても、苦痛は軽減されず慰めにもならない。好転を期待し得るかどうか不明だから、症状の悪化が寿命の速度に劣ることを祈って安らぎの訪れを待つしかないのか。

健康なときと比較し連日同じ繰り言を聞かされては、初めのうちは相手も同情するかもしれないが、それが本人にとってどんなに深刻な問題であっても、所詮他人の健康の話題など聞き手には煩わしい事柄であり鬱陶しいだけだろう。立場を変えれば、その事案が属人的な範疇に止まることが飲み込めるだろうから、気休めのため際限なく口説いて他人を巻き込んではならない。Sは周囲の状況を考えず、他人にとって関心がない話を続けるが、核心部分に触れるとさすがにまともに総括する。

あらゆる手を尽くしてもダメなものは無益な拘り(こだわ)を捨て、暫く口をつぐみ頭を抱えて寝るしかない。薬物の助けを借りて身体を縮めて唸っていれば、大概の肉体の苦痛は何とか治まるものだし、多少の痛みは生存の証しだから我慢するしかないと、Sは最近、年のせいか遂げられない望みの繰り言が多くなった気がする。それは普通に考えれば、もしかして認知症など精神疾患の前兆かもしれない。この年になっても生存の指針が未だにフラフラしていたし、その影響かどうか不明ではあるが、苦痛を伴う身体症状を日夜あれこれと思い煩っていた。恰も自分が医者になったつもりで自己診断し、概ねの病名を当て嵌める行為は頑なな年寄りの気休めだと思っていたら、最近漸く巡り会えた著名な専門医は、その症状はSが想定した通り老化の進行とは別物であると診断した。筋電図検査とやらの結果判明した病名は、『多発性末梢神経障害』という聞き慣れないものだった。漸く正しい病名に辿り着いたが原因や治療法は未だ研究の途上にあり、痛みなどの対症療法が中心ではあるが現時点の最適な医療を受けられることは幸いだ。このように患者の主な訴えが主観的な症状であっても一概に退けられないものがある。

　目眩の話を続けるけれども、長々と続く症状がもし生存の必要条件だとすれば、Sは随分厄介な重荷を抱え込んだと思わざるを得ない。仕事の最中突然人前で目眩が発生し目を白黒させれば、Sがどんなに磊落（らいらく）さを装い指導者振っていても、突然身体が固まり物につかまる姿を見た談笑中の相手は、一体何事が起きたかと驚くだろう。Sの周囲には入れ代わり立ち代わり足を引っ張る輩には事欠かないから、尋常でない健康上のハンディを抱えていては、漸く辿り着いたトップの地位を維持するのは並大抵ではない。それでも地位の保全に固執するならば、無闇にしがみつかず或る程度成り行きに任せるしかないし、余力を蓄えてここぞと焦点を絞った案件は、一念発起（いちねんほっき）し他人の干渉を許さない圧倒的な意思と実行力で突破するしかない。

公職に就任し長年その地位を維持することは、たとえ周囲から望まれた経緯があったとしても、世間を生き抜く戦略、戦術が必要であるし、またかなりの体力勝負になるから、見かけの健康を装っても長続きしなければ折角の機会が意味をなさない。刃がこぼれそうな観賞用の名刀よりも、名も知れない鈍刀が実用的なことは人であっても同じだろう。一旦目眩が発症すれば、どんなに体裁を取り繕っても忽ち化けの皮が剥がれ、発症した状況に抜かりなく対処することは、不自由な身体では培って来た処世の術を駆使し切れない。T子は、ハイキングの途中突然しゃがみ込む虚弱体質を隠すため、Sに気遣わずになるまでの間一体どれだけ悩んだのだろうか。他人の、真に差し迫った気持ちを理解することには限りがあるが、自ら組織のトップに立って体験し漸く気づくとは、その鈍感さは如何にも情けない。

さて、持病を隠し通し職務を遂行するのが難しければ、悪影響を最小限に止める某かの工夫が必要だろう。疾患についてはいずれ明かすしかないが、情報を開示した当初競争相手は興味津々だろうし、追い落とし工作が誘発されるなど大なり小なり影響は避けられず、差し当たり現場のドタバタを収拾しなければならない。少しの間、周囲の動きを見落とさず踏ん張り切れれば、SがT子の症状に慣れたように、いずれ関係者はトップであるSの身体上の欠陥に次第に違和感を感じなくなる。その日の病状によって身体の動きに緩慢さが見られるなど某かの制約はあるだろうが、職務の遂行に支障がなければ問題はない。そうなれば身体上のハンディが周知され心配事がなくなり、後は本人の健康状態が職責に耐えられればよいだけだ。
Sは、健康上の障害がトップの立場を維持するうえで支障が出ないか、と絶えず気にしていた。例えば、壇上に立って挨拶する最中、いきなり直下型地震のように激しい目眩に襲われれば、大勢の面前で体調の悪さを見せつけることになりかねない。この恐れていた状況は、現実にも強弱の差こそあれ何度か発生したが、そのときは両手で演台につかまり一呼吸置いてスピーチの間を取るなど、その都度何とか凌いで事なきを得た。そこまで耐え忍んでも公職の立場を維持するSの仕事への思い入れには、若いころ置かれた貧窮する環境に翻弄され、それを乗り越えるために培って来た生き方が背景にある。営々と積み上げた実績をリセットすることは、それまでの人生の取り組みを放棄するにも等しいから、高が交通事故の後遺症である目眩によって、深い思いが込められた人生の成果を手放せるものかとの気持ちが強かった。

この症状は脳外科や心療内科の範疇ではなく、原因の究明が難しい神経内科の領域に絡むものであることは既に紹介した。いずれにしても、脳内ミステリーの突然の激震に慌ててジタバタしても苦痛を倍加させるだけだから、経験値を生かし全力を尽くせば、症状の根本的な改善に繋がらなくても以て瞑すべし。現時点の医学ではまだ有効な手立ては限られるし、人は倒れるときは倒れるものだと自らに言い聞かせ、度々襲われる症状は成り行きに任せて受け入れるしかなかった。理に適った人の適応とは巧みなものであり、その症状を諦めれば徐々に慣れたが、結局激震に襲われればまた身を竦ませるという繰り返しだった。「T子、私がどれだけ身体の不調に苦しみながら試練を乗り越え、現在位置に辿り着いたかわかるだろうか」、とても一口では説明し切れないけれども、これ以上拘ればくどくなる。

　地震紛いの脳内の激しい揺れは僅か数十秒間で消失するけれども、その後は必ずひどい頭痛に悩まされた。しかし、その症状も御多分に漏れず繰り返しによって徐々に慣れ、次はいつ発生するかという当初の恐怖感は薄れて行った。外部から自分が苦しむ姿を客観的に見つめ、これがSという人間がこの世に存在する表現形式だろうと受け入れた。それは一種の諦めかもしれないが、いつまで経っても事故以前の健康な姿と較べ、我が身の不遇を嘆いてその場に留まっていても何の慰めにもならないし、現状は微動だに改善しないから仕方がない。

3/10
dog
Hiromichi Muroi

その年の晩秋の土曜日、半ドンという半日勤務の制度が残っていた午後だった。翌春に結婚式を控え会場の下調べと出席予定者を調整するため、T子の自宅付近の、日ごろ通勤に利用する地下鉄の改札口の前で待ち合わせの約束をした。その日はどんよりと曇って北風が吹いたり止んだりする中、落ち葉が散り始め、その後のふたりの成り行きに暗雲が垂れ籠(こ)めるような寒い一日だった。

その地下鉄の路線は首都の人口増加に対応するため、既設の路線網の一段地下深くに敷設(ふせつ)された新線だった。駅前の小さな広場から延びる商店街は、新駅の開業に合わせて瞬く間に恰も下町の見本のような低層ビルの建て替え工事が進み、何処にでも見かける小綺麗な街並みに整備された。商店が立ち並ぶ狭い通りは、近所の買い物客や速足で通り過ぎる地下鉄の乗降客でごった返し、朝から晩まで人の流れが途絶えることはなかった。T子は、そんな雑然とした人情豊かな下町の勤め人の家庭に、ふたり兄妹として育った。

「仕事の都合によって多少遅れるかもしれませんが、昼頃には行けると思います。少し遅くなっても必ず行きますから待っていてください」と、T子は前日の夕刻の別れ際、一瞬戸惑った仕草を見せながら、言い残したことでもあるかと思わせる含みのある言い方をしたが、気を取り直したのかSの顔を正面から見つめ、「少し遅くなっても必ず行きますから待っていてください」と、力強く念を押して約束した。Sは、年末に向かって仕事が忙しくなるT子の事情を聞いていたから、彼女がダメ押しする言葉にすんなり納得し快く返答した。

「わかりました。土曜日はアルバイトも休みだから特別これといった用事はないし、家で勉強するくらいなので待つことは幾らでも大丈夫です」、別れには人の数だけの様々な事情があるだろうが、ふたりのそれは映画でよく見られる恋人たちが戦争に引き裂かれるなどという、たとえ悲しくても合点が行くような事情ではなかった。よりによって、T子から納得するのが難しい理不尽な仕打ちを受け、S自身が男女関係の当事者として人生の岐路に立たされるとは、全く不運としか言いようがない。ふたりの会話のやり取りは何処から見ても信頼に疑いを挟む一点の曇りもなく、破られたこの待ち合わせの約束がT子との最後の会話になるとはゆめゆめ思わず、全くの不覚の極みだった。Sはものの見事に騙されたけれども、今以て騙す必要性が判然としないから、それが騙されたと言えるのかどうかさえわからない。

その日、T子は約束の時間になっても現れなかった。彼女は、「仕事の都合によって多少遅れるかもしれませんが、昼頃には行けると思います。少し遅くなっても必ず行きますから待っていてください」と言っていたのだから、約束した時間に多少遅れたからといってその場を立ち去れない。増幅するSの苛立ち（いらだ）とは関係なく容赦なく時間は過ぎる。寒風に晒されて待ち続けるSは、時計を何度も見ては望みが薄い儚（はかな）い期待を持ちながらも、心の何処かでもう来ないものと諦め改札口を一瞥して嘆息を漏らした。もし、最初から来るつもりがなければ、「必ず行きますから……」などと念を押すのは、翻弄されるSの気持ちを考えれば随分罪なことではないか。どうしても別れたければ、意味もなく長時間相手を拘束せずストレートに拒否すればよいだろう。Ｓにとって待ち続けたその時間は、人生の大半が視野に入るほど長いものだった。

　Ｓは途切れなく人が行き交う地下鉄の改札口の前で、「もうちょっと、もう少しだけ」と、結局夕刻を過ぎるまで待ち続けた。電車が到着し乗客が降りるたびに、目を凝らして会社帰りのＴ子を探したが、結局彼女は約束を破って現れなかった。今にも息急き切ってＳの傍らに駆けつけ、「随分お待たせしてごめんなさい」と、目の前にあの穏やかな声が聞こえるような気がしたけれども、それは『待てば海路の日和あり』というＳの一方的な願望が生み出す惨めな錯覚だった。

　やり場のないＳの不機嫌を代弁するかのように、Ｓの心の波が上下するのに呼応して木枯らしが、時には強く時には弱く吹きつけ、商店街の入り口が見える駅前広場に枯れ葉を舞い上がらせた。その日は、昨日までの日中の温もりが感じられた晩秋の日和とは一線を画し、真冬のような肌寒い一日だった。Ｓは薄手の上着の襟を立て両手を合わせて息を吹きかけて凌いだが、心に吹きつける強い北風が相乗し、季節を先取りした格別厳しい寒さに感じたのかもしれない。

　その当時、外出先から連絡する方法はせいぜい公衆電話くらいしかなかったから、もし職場にＴ子がいなければ繋がらないし、また忙しい仕事中急用以外の私用で呼び出すのは気が引けたから、Ｔ子の事情を確かめる方法は閉ざされていたにも等しい。ただ、Ｓは意外にも連絡を取れないことに焦燥感を感じなかった。詳しい理由は不明だったが、その時から既に薄々別れの予感があったからか。まだ来ないかと待ち続ける一方、ついにその時がやって来たかと半ば諦めていたことは間違いない。どんな人間関係の変化にも某かの予兆があり、時には例外もあるが気をつけていればその信号を感じ取れるから、その場になって慌てることは少ない。

もし、出し抜けにT子に騙されて待ちぼうけを食わされたと言うならば、余りにも相手の気持ちを知らな過ぎるのではないか。T子は改札口の遠くから彼女を待ち続けて苦しむSの姿を見ていたかもしれないが、あの性格から考えれば自ら取るべき行動は事前に固く決めていただろうし、耐え切れずに突然現れて、「随分お待たせしてごめんなさい」などと、裏切りの気持ちを隠し衝動的な声かけをすることはあり得ない。Sは前日の夕刻の別れ際に、何か言い残しがあったかのような含みのあるT子の態度を思い出した。それはSに因果を含めたものであり、彼女が伝えたかった気持ちを自分がただ気づかなかっただけであり、決して出し抜けに騙されたのではない、と自分に対して念を押す。そうとでも考えなければ、T子の対応に納得し得なかった。

月曜日になってT子の職場に連絡し、「一昨日の午後は言われた通りずっと待っていたのに何かあったのですか。下宿に電話してくれればよかったのに」などと、相手の気持ちを知り尽しながら白々しく問いかける気にはとてもなれない。あり得ないことだが、もし何か特別な事情が発生し心変わりすれば、恥を忍んでも連絡を取って来ることは知っていた。しかし、余程のことでもない限り謝罪はあり得ないし、それはこれまでのT子のやり方を見ればわかるだろう。

もし、約束を違（たが）えたことに対して謝罪の声がかかれば、それが明らかにその場凌ぎの偽りの釈明であっても、来なかった理由を事細かに問い詰めずに見逃そうと思っていた。しかし、当てにはしなかったとはいえ一方的な甘い期待は空振りに終わり、T子からその後四十年間関係の回復を求める何の連絡もなかったし、またSから声をかけることもなかった。回復を求めようにも別れの理由が不明であり、仮に和解しても折に触れて気まずさを感じ、相手をどう処遇して迎えてよいかわからなかった。時間を巻き戻せば、木枯らしが吹きつける寒空の中で待ち続けたそのとき、「あ〜あ、もうこれでT子との関係は全て終わってしまったか」と、土曜日の夕刻の通勤客が途切れて閑散となった改札口を見つめて深い嘆息を漏らしたのは、今後望まれても復活は許さない、と心底から決めて確認する姿ではなかったのか。

夢中になって離れたい女を追いかければ、本人が騒げば騒ぎ立てるほど、その身は別離に向かって真っ逆様に転げ落ちるだろう。男女の交際に限らず、相手が拒むものを無理やり押しつけ注意を引きつけても、その後の円満な関係を維持するのは難しい。条件が整ったSを相手がどうしても欲しければ、黙っていても向うから近づいて来るのが人情だ。そのとき、Sはまだ年若く老獪（ろうかい）さがなかったから、物質的な裏づけを伴わない心身の交流にばかり目が向いて、相手が好む餌が何かという認識に欠けていた。餌と言うと如何にも聞こえは悪いが、他に適当な言葉が見つからなかったから誤解を恐れず敢えて使うことにする。自分に対して相手の注意を喚起するには、本人が望むものを目の前にぶら下げれば、肉親を含めて例外なく食いつく。況んや他人ともなれば、一見慎み深そうに無関心な態度を装っていても、時の経過に伴い建前という体裁が剝がされ、欲望に満ちた心の内が丸見えになるだろう。

　何処か無理がありそうな人間関係であっても、考えられる問題点を絞り出し、内容に応じて適宜の対策を講じれば何とか事が運びそうに見えるだろうが、隘路となる問題を抜本的に解決しない限り、当面の破綻をただ先延ばしするだけに過ぎない。男と女の離合集散の理由は至って簡明なものであり、高邁そうなもっともらしい屁理屈は不要だ。その前提は当然過ぎるが、心身共に相手を好きかどうかであるのは疑いようがない。その他考慮すべき条件には、当事者が置かれた経済環境の善し悪しがあるだろうか。これらは何ともシンプルな男女に関する見方だが、大きく的を外すことはない。

　男と女の離合集散を観察するに際し、餌に食らいつく人間の欲望を取り上げたり、求め合う必要条件として経済環境を斟酌する考え方は、人によっては幾分ドライに思われるかもしれない。それは、Sに課された悪条件を言い訳にして、相手に直接ぶつかり行動しなかったことを擁護する臭いがするし、何処か投げやりな人間不信の滲み出た対応ではないかと思わせるものがあった。ただ、ふたりの問題は小細工は役に立たず、自然に任せて放置するしかなかったから考え過ぎかもしれない。何を阻止し得て何が手に負えないかという見極めは、一般的にふたりの関係性が、言い換えれば好き嫌いや餌と条件の問題が元々どの程度であったか評価すれば、自ずから正答に辿り着く。

ふたりの男女関係の基軸は何だったのか。当事者が見極めることは勝手な思い入れが絡むから、正確な結論を見い出すことはなかなか難しいが、万人が納得する簡易な指標として今述べた男と女が一緒にいれば幸せかどうかは、やはりひとつの簡明な基準と考えられる。指摘されれば、「そんな当たり前のことを今さら何を言うのだろうか」と、期待外れに思われるかもしれないが、それがふたりの関係の核心に至る手がかりであれば、何も難しく考えることだけが正答を導くとは限らないから、苦言を呈されてもいちいち資料を揃えて弁解などしない。答えが明解過ぎると、ややもすると本当なのかと不安になるが、正解とは難易度に左右されるものではないことは知っているし、出題者の意図をあれこれ考え過ぎても仕方がない。

ふたりの出逢いと別れに関し長々と概略を話したが、真相はそれ以上でも以下でもない。今さら体裁を繕って、出逢いと別れの経緯をドラマ仕立てに誇張することなど何の意味があるだろうか。正論を吐いて如何にも平静さを保っているように見えるかもしれないが、その夜のSはすっかり落ち込み、人恋しさの余り人気（ひとけ）のない寒々とした下宿に真っすぐ帰る気にはとてもなれなかった。若いSがひとりで酒を飲みたい気分になったのは、その夜が初めてだった。

今夜は何はともあれ、暗くて狭苦しい部屋にこのまま帰りたくない。何処でもいいから寄り道をして、苦手な酒を酔い潰れるまで飲んでみたい。Sは、演歌の歌詞に出て来る場末のバーの片隅に陣取って、自棄(やけ)酒を飲みながら愚痴をこぼす、酔客の情けない気持ちを理解した。人は、時には冴え渡る意識を鎮静化させるため、酒でも睡眠薬でもよいから小道具の必要なときがあるかもしれない。覚醒していてはその一瞬一瞬が耐えられないから、そのときの苦しみから逃れられればそれでよい。

多摩川べりの下宿に近い駅裏に、間口が狭い飲食店が何軒か暖簾(のれん)を連ねた、いつもは素通りするだけで立ち寄ったことがない古ぼけたバーのドアを引いた。ボックス席がない店内は、下宿と余り変わらない薄暗くて狭い店だったが、中年の女性がひとりで二、三人の客を捌いていた。Sはカウンターの隅に座り一通り店内を見渡した後、コップや氷が準備されるまでの間、洋酒が並ぶ目の前のボードをぼんやり見つめていた。人恋しさのためにやって来たのに、黙ったまま心の中で泣きじゃくる。

元々酒が弱いSは、ウイスキーをコーラで割ったコークハイを注文した。夕食はまだ済んでなかったが、思い悩んでいたせいか余り食べたくなかったから、乾き物のおつまみ類を適当に見繕ってもらった。一見風采が上がらない場末の飲み屋の経営者であっても、お客に対する観察能力は侮れない。小太りのママは注文の品揃(しなぞろ)えが終わるとSの様子をそれとなく一瞥し、一言二言言葉を交わした後常連客の前に移り、初めて来店した若い悩める客に対して程好い距離感を保った。その夜のSは、その手慣れた接遇にどれだけ救われたかわからない。寂しがって寄り道はしてみたけれども、多くを語らず人の気配をつまみに静かに飲みたかった。

T子がSを見限ったのは何故だろうか。薄給の公務員と将来の生活を共にするとき予想される、汲々（きゅうきゅう）とする日々の姿を悲観したのだろうか。それとも、あの晴れ晴れとした心地好い野外においてSが欲望をたぎらせて行為に及んだことを、彼女の健康を配慮しない粗野な振る舞いだ、と暗黙のうちに責め立てているのだろうか。Sを拒否した確かな理由は不明だが、いずれにしても共に生きることを拒否した厳然たる事実は否めない。要するにSを諦めて見限ったのだ。

Sを拒否した理由をもう少し掘り下げてみよう。SにはT子をそそる男の魅力がなく伴侶として候補にも上がらなかったのか。それはないと思う。もし、そうであれば健康面の制約からか元々性的関心が薄いのに、衝動的に避妊もせずSに身体を許すはずがない。そのとき、男なら誰でもよかったとはとても思われないと、堂々巡りし同じ疑義に思い悩む。幾分頬が火照（ほて）って来たようだ。ふたりの関係を振り返りながら、半分ほど残っていたコークハイのコップを一気に傾け、珍しく「もう一杯いただけますか」と、飲み干したカクテルのお代わりを注文した。

客扱いに手慣れたママは、Sの注文にタイミングを合わせて話しかけて来た。「お兄さん、先ほどからぼんやりして何やら呟いていますが、何処かお身体の具合でも悪いのですか」、的を外した言葉をかけられて、Sは打ちのめされた自分の情けない姿に気づかされた。「ああ、何でもありません、いつもの癖です。この程度の酒で酔い潰れてご迷惑をかけることはないですから、どうか気にしないでください。もう一、二杯飲ませてもらったら帰ります」と応じるのが、その夜のSには精一杯だった。空き腹に急にお酒が入ったせいもあり、ママと言葉を交わした後はやり切れない気持ちが幾分治まって、途切れながらも他愛ない雑談を交わした。

週末の客の出入りが少ないジャズが流れる小さなバーに居座り、慣れない酒を夜中の十二時過ぎまで飲み続けたSはすっかり酩酊した。どんなに悩んでいても不思議なことに、音楽好きのSの耳にはジャズが分け入って来る。そのとき、会話の邪魔にならない程度の小音量で流れていた曲は、大学付近のジャズ喫茶でいつも聴き慣れたサックスの不協和音がこれでもかとブローする、ジョン・コルトレーンの『至上の愛』だった。『至上の愛』は今も時々運転中に聴き流すが、助手席に同乗した人は乗せてもらった手前耳を塞ぐことができず、如何にもわかった素振りをして不協和音に耐えていたが、Sにとっては好きな音楽だから大音量でも一向に気にならない。

結ばれるつもりで何度か肉体を許しておきながら、将来を決定するその日に限ってどうして尻込みして来なかったのか。それも前日の夕刻、恰も役者のように澄まし切った表情で裏切りの欠けらさえ見せなかった。仮に一歩譲って、緊急に対処すべき何らかの事態が起きたとしても、それまでの信頼を裏切る、常識がない対応を演じ切る姿を思い出すたびに、一切の説明もなくふたりの関係を棄損したT子に対してSの不満は募り、どうしても愚痴っぽくなることは避けられない。捨てられる者にとってどんなに深刻な問題でも、離れようとする者にとってはもはや利害はないから、いちいち弁解するには及ばないということなのか。もしそれが真実ならば、そんな女と付き合って来たのかと思うと、見る目がないSは何とも情けない。

　本人が心から納得し得ないことに関し、良い人振って笑顔を見せて頷いても仕方がないだろう。ただ、どんなに意に沿わないT子の対応であったとしても、いつまでも気持ちの転換が図れず根に持ち続ける粘着性の強いその態度こそ、もしかして彼女が嫌ったSの性格の陰りなのかと薄笑いを浮かべ自嘲する。しかし気に入られようとして、持って生まれた性格を相手に迎合し、直す必要はないし、またそう易々と直せるものではない。そのままの姿を受け入れてくれなければ、無理やり追従（ついしょう）してもいずれその関係に疲れ果て、蜜月は長続きせず破綻する。

　愚痴っぽいくどい話をどうか誤解しないで欲しい。嫌ならはっきり拒否すれば、偏執狂ではないからそれ以上深追いするつもりはない。T子を追いかけ纏わりつかないのは、Sの沽（こ）

券に拘わるからではない。Sは人並みに人の世の情理をわきまえており、無理やり相手に執着しても幸せがもたらされないことを知っている。意地になって自己主張するのは欺瞞の演技に対する拘りか。

　T子は最後の最後まで、Sを拒否する素振りを見せなかったが、それは彼女の心の揺れ動きにただ気づかなかっただけなのか。T子の巧みな駆け引きによって、気持ちが弛緩していたSに見えなかっただけなのか。仮にそうだったとしても、何のために駆け引きするのかわからない。欠点をあげつらい駆け引き上手なT子を否定しても、本人の印象がSの好みの容貌と落ち着いた物腰の女性だとの評価は少しも変わらない。勝ち負けの話でないけれども、ふたりの関係はその時点で勝負があったからこそ、未練がましく後ろ髪を引かれるのかもしれない。

　捨てられたことをどんなに都合よく解釈しても、親しく寄り添って将来を共に生きようとしていた男を拒否した事実は少しも動かない。それはSの人格に対する唐突な否認であり、恰も養育、保護して来たひとりの人間を理由も明かさず遺棄する宣告にも似ていたが、それに対抗して身を守る術はSにはなかった。議論を戦わすことは得意な方だと自負するが、この場合勝っても負けても枝もたわわに実った果実を取得することは叶わず、どっちに転んでも傷を負い病の床に横たわるしかない。

「仕事の都合によって多少遅れるかもしれませんが、昼頃には行けると思います。少し遅くなっても必ず行きますから待っていてください」と、あれほどはっきり念を押したのだから、そのとき本人が来る気でいたことは確かだと思うが、それならばSと一緒になることに関し意に沿わない何の葛藤があったというのか。嫌ならば前以て告げれば済むだけの話だろう。くどいようだが、約束をすっぽかしSの心を捨て置く意味が何処にあったのか。ああ、何のことはない、Sと共生することを直前まで迷っていたということか。過去に戻れない問題の理由を探し求めても何の慰めにもならないが、気が済まなければ愚かな問答も仕方がない。

それまでのふたりの親密な関係を顧みれば、真正面から筋を通して応答してくれてもよかった気がする。S本人に対して面と向かって告げられない、何かしら人格を否定するような裏事情でもあったのだろうか。もし、好きな男がいたならば、そう言ってくれれば諦めもついただろうし、不可解な別れのためにこれほど心を乱さずに、綺麗さっぱりと縁が切れたはずだ。まあ、その対応はT子の全人格に導かれた態度であり、人にはその人なりの対処の仕方があるだろうから、今さら何を言っても始まらず、不満があれば自分の心に持ち続けるしかない。

もし、それが他人の悩みならば、「彼女が別れを選んだのは、あなたを余り好きじゃなかっただけでしょう」と、簡単に言い切れるのだろうか。そして、それは意外に正解かもしれないが、問題がこと自分の話になり、ふたりだけの秘匿された男女の関係を積み重ねたSは、培って来たと思っていた信頼をものの見事に放擲（ほうてき）され納得し得ないでいた。しかし、事実が既に確定し、残された心の整理をしかねて、いつまでも相手に怒りをぶちまけるのはお門違いだし、それでは如何にも往生際が悪過ぎる。何の体裁を繕っているか。理不尽な処置に対し容易に気持ちを切り替えられれば、ふたりは元々大した関係ではなかったのだろう。二股三股もかけていれば相手を変更するのは簡単かもしれないが、故障したパーツを交換するような付き合い方を結婚を前提にした相手とするはずがない。

ふたりの関係は元々信頼に基づく堅固な構築物ではなく、親密さを装い相手を値踏みする打算により組み立てられた、壊れやすい仮設物に過ぎなかったのか。長い年月孤独の空間に捨て置かれたSの心は、今となっては、捨てられた理由を追及する影は薄れ、忘れかけたころ、途切れ途切れの白黒映画の映像として根無し草の浮浪の旅を思い出す世界になった。その関係は、もはや時々振り返って懐かしむ昔日の出来事に過ぎない。その当時どんなに切実な事案であっても月日が経てば、埃を被って風化した誰にも顧みられない、時代遅れの古書にも等しい。想いとは遺憾に堪えない未達だからこそ、懐かしい反面、忸怩(じくじ)たる思いが残される。

自分のことを冷静に考えれば、T子は地方出身の貧乏学生のSに対して、玉石混淆(こんこう)の級友の中でそれなりに秀でた能力があると思っていたのは確かだろう。ただ、一部の優秀な級友のように大学院に進まず、資格試験の勉強に早々と見切りをつけたことに某かの不満があったのかもしれない。本人が望むようにT子の伴侶となるべき者が、将来社会の表舞台に立ち華々しく活躍する見込みがないものと決めつけて、あっさり見限ったということか。仮にそうだとすれば、その査定はT子の当時のSに対する人物評価だから、とやかく苦言を呈しても始まらない。Sは彼女の庖丁捌きの俎上にも載らない陳腐な素材に過ぎなかったと考えるべきなのか。

もし、別れの事情がSが想像する通りのものであれば、T子は恋人に対し随分冷たい仕打ちをするものだと思うしかない。或いはふたりの関係は、Sが思い込んでいたほど深い繋がりではなかったということに尽きるのか。何度か抱き合った程度の関係を、恰も鬼の首でも取ったかのように、揺るぎがない確固たる繋がりを築いたなどと勘違いしてはならない。一見利害に疎そうな初な繋がりに見えても、金銭と肉体という物質的な基盤を軽視しては男女関係は成り立たない。人の活動の基本は生活の根拠を確保することであり、幸せはその過程において生じる果実に過ぎないが、Sの浮かれ切った気持ちは愛情が金銭に勝ると決めつけているようであり、その思い違いは子供以上に甚だしい。お金に不自由そうに見えれば、物乞いだって避けて通ることを知らなければならない。

「そうか、こんなに冷たい仕打ちを受けたのは、そのときのふたりはどう考えても薄っぺらな関係だったからだとしか思えない」と、Sは思いつく事情を検証して納得したように見えるけれども、また暫くすると木枯らしが吹きつける駅前で待ち合わせの約束をしたあのときの寒さを思い出し、「いやT子に限って、それなりの条件を整えた自分に対し、そんなに冷淡にあしらうはずがない」と気持ちがコロコロ変わり、感情の収まり具合を考えて敢えて相手の実態から目を逸らそうとする。自尊心の居座りがよいように都合よく思い込むのは勝手だが、捨てられた事実は一切変わらないから、結局遺憾ながら不都合な現実から目を逸らさず元に戻って直視することになる。意に沿わない結果であっても、ふたりの関係は発生した事実が全てを物語っており、どんなにいじり回しても打ち出の小槌のように他に何も出て来ない。

●

　その別れから二年ほど前、Ｓは商品配送のアルバイト中にバイクを転倒させる事故に巻き込まれた。都心の大通りを左折しようとした大型トラックと歩道の縁石の間にバイクが挟まれて、交差点の五～六ｍほど先に飛ばされ意識を失った。大学付近の病院に救急搬送された結果幸いにも五日目には目が覚めたらしいが、当然その間のことは意識がない本人は何ひとつ覚えていない。

　その当時、バイクの運転中頭部を保護するヘルメットの着用義務はなかったから、それは今から思えば、丸裸で街中を歩くような全く無防備な状態だった。そんな恰好で混雑する都心の交通のど真ん中に我が身を晒していたのだから、『九死に一生を得る』とはまさしく危機一髪の難を免れたこんな体験をいうのだろう。事故現場から搬送された後、頭部を強打し高熱が続く深刻な状況は、後日医師からレントゲン写真など資料を見せられ説明を受けるまで本人が知る由もない。Sは望みもしない無意識の世界をさ迷い歩き、目眩という厄介な副産物を抱えて辛くもこの世に生還した。

そのとき「あっ」と思った瞬間、水泳の飛び込みにも似た、「ふわっ」と身体が空中に浮かぶ感覚が今でも残っている。突然事故に巻き込まれ、「あっ」、「ふわっ」と宙に浮かんだそのとき、それは不思議にもアクションドラマで疑似体験する不自然に強調された怖さはなかったし、見ず知らずの他力によって自分の意思とは無関係に、考える暇(いとま)もなく強制的に空中を浮遊させられたとでも言うのだろうか。死に直面したその状況をどう表現すれば他人に理解してもらえるのか、とにかく実に不可思議な体験であり、いくら考えても説明することが難しい感覚だったことだけは間違いない。恐怖映画の疑似体験の映像は、たとえ迫力があったとしても、観客向けに誇張したドラマ仕立ての作り物であり、死が迫った真の体験とは、もう少し何もかも失われやすい限りなく無色透明な世界かもしれない。それは、再び体験しどんな感覚なのか説明しようとしても、「あっ」、「ふわっ」さえも正確に言い表せていない気がする。

いずれにしても、Sがそんな体験を語れるのは辛うじて生きていたからこそであり、こうして両足で地上に立ちこの物語を展開することに繋がった。もし、あのとき目覚めていなければその後の人生はないから、生命とは一捻り（ひとひね）の力で簡単に失われる如何にも他律的な呆気（あっけ）ないものとしか言いようがない。それは見かけ以上に壊れやすく不運な事故であったとしても、Ｓが生きていたのは運がよかったからだと思うしかない。九死に一生を得た者が、「後は残された生命だから世のため人のため精一杯尽くしたい」などと、時々ニュースで特攻隊の生き残りのような定番の生への決意を目にするが、当初の決意とはほど遠くその後の本人の人生は従前と変わらない。従って、今まで通りいやむしろ今まで以上に気負わずに、現状を淡々と肯定し面白（おもしろ）おかしく好きなように生きればよいし、またそうするしかＳには選択の余地がない。

　目の前をかすめた異次元の状況を微に入り細に入り説明しても、それは体験しない者にとって理解するのは難しいかもしれない。空中を浮遊する死と直結する不可思議な感覚はＳの稀有な体験であり、表現の的確さはともかく生還した本人にしか語れない。その個人的な体験は、正負のどちらにエネルギーが向かったとしても、その後のＳの生き方に多大な影響を与えたことは否めない。それは、意識と無意識の狭間に存在するかもしれない空間であり、全くの偶然によって生み出された、人が普段接触する機会がない環境だった。またそれは、Ｓが彼の地に重い足を踏み出す前に先行して味わった頗る（すこぶ）異次元の暗闇の世界であり、普通は殆ど生還することができないと思われるから、好き好んで体験するようなものでないことは明らかだった。

Sが意識を取り戻したとき、ベッド脇の椅子にT子が座っていたことに一瞬驚いた。理由はともかく、最初にSを見舞った級友はT子だったし、それは見舞うというより看病そのものだった。ただ、そのとき枕元で受けた寝違えたような不具合の感覚は今でも忘れられない。どうして不具合が生じたのだろうか。頭部を打撲したせいもあっただろうが、それほど深くもない関係のT子が病床に付き添っていたのが不自然だったからか。ふたりは当初から激しいときめきを覚えなかったから、世間に溢れる三文小説のネタにもならない関係だったのか。そんな軽い結びつきのはずはないと思うのはSの勝手だが、T子にとっては或いはそうだったかもしれない。そうであれば、不具合の一件が何を意味するか考えるまでもないだろう。

「あ~あ、やっと気がついたのね、とにかく意識が戻ってよかったわ。この四日間、このまま目が覚めなかったらどうしようか、とあなたの枕元で心配でした。具合はどうですか、何処か痛い箇所がありますか。無理しなくてよいけれども、こうして話すことは大丈夫なのかしら」と、耳元には聞き慣れた長患いの母の声ではなくT子の穏やかな声が、マイクの音量を上げ過ぎたスピーカーの音のように、病室中にハウリングして二重に唸(うな)って聞こえて来た。

Sは、暫く自分が置かれた状況を理解することができず盛んに考えを巡らせたが、見覚えがない部屋を一通り見渡しまた目を瞑って考え、自分が病床に横たわっている概ねの事情を漸く理解した。暫くの沈黙の後、「うん、頭が痛いけれども……少しだけなら構わないよ」と、言葉をひとつずつ拾ってT子に返答した。

Ｔ子はＳの苦しそうな状態を気遣って黙っていたから、Ｓは続けて、「ここは何処の病院ですか」と、自分から話しかけた。カーテンに閉ざされた周囲を見渡そうと壁側に寝返りを打った途端、突然横になっていても全く平衡が取れない未体験の激しい目眩に襲われた。そのときはまだ、発症した新しい目眩を冷静に捉える余裕がなかったから、驚いて全身を強張らせ、ただ不安に脅えて耐えていた。Ｔ子がＳの姿を心配しながらも、長年の経験からその症状は目眩に違いないと、冷めた目で観察している気配を感じた。それは、後日アジサイが咲き乱れていた鎌倉の山道のハイキングの途中、いきなり座り込んだＴ子に寄り添う逆の立場のＳの対処に関し、恰も事前に承知しているかのような、外部から観察する他人行儀な態度であった。

　目眩持ちのＴ子のことだから、Ｓがベッドにすくんで横たわる姿を具（つぶさ）に観察し、恰も専門家のように掌握していたのかもしれない。そして、恐らくＴ子が予測した通り、Ｓのその目眩は生涯続き、本人を散々悩ますことになった。後日気づいたことではあるが、Ｓが抱え込んだこの障害は、彼女が別れを選んだひとつの理由かもしれない。もしそうであれば、真っ先に見舞いに訪れ看病してくれた親切が仇（あだ）になるとは、何とも皮肉な話ではないか。

「ここは、大学の傍（そば）のＮＧ病院ですよ。あなたは五日前に交通事故に巻き込まれて救急車で運ばれて来ました」とＴ子から返答があり、Ｓは自分が置かれた状況の詳細を漸く飲み込めた。

「そうか、ここは巻き込まれた事故の救急車の搬送先だったのか」と、漸く覚醒したSは、高速回転し始めた意識を手がかりにして、恰もパズルでも解くかのように、意識がなかった空白の時間帯の穴埋め作業を開始した。疑問を解き明かすため、振り出しから順を追って事故発生の前後左右の繋がりを見つけ出し、失われた時間を取り戻す作業を試みる。よりによってバイクで都心を乗り回すなど、随分危険なアルバイトに就いていたものであり、もう少しましな仕事があっただろうと思ったが、情けないその姿を見ては後の祭りだった。

ＮＧ病院は、大学の図書館のほぼ向かい側に立地するＪＲ御茶ノ水駅付近の病院だった。正確に言えば、本郷通りを挟みニコライ堂と反対側の一本裏通りにある古くからの病院であり、外科病院としての歴史は古く、江戸時代から続く「骨接ぎのＮＧ」として骨折などの外傷を専門に、広くその名は通っていた。緊急医療機関の認定を受けるためには諸条件があるだろうが、現在に続くＳの後遺症を考えた場合、頭部外傷の治療に関して適切な搬入先であったかどうかわからない。もっとも自分では救急車の行き先を選べないから、搬入先をあれこれ評価しても意味がない。

Ｓは、結局二カ月以上入院することを余儀なくされた。医療費は、加害者の会社が加入する自動車保険で支払われ、それを使い切った途端に、それまで誰かの恩恵でも受けていたかのように病院の治療は予告なく打ち切られ、脳圧が不安定な状態のまま有無を言わさず退院させられた。頭痛と目眩は殆ど改善しなかったからとても治癒したとは言えなかったが、当時は頭部の打撲傷害に対する有効な治療方法がない時代だから、結果的にそれ以上病院に留まっていても仕方がなかったかもしれない。ただ、Ｓはそのとき以来固着した目眩と頭痛の後遺症に苦しむことになったが、当時の状況を考えれば死なずに済んだことを以てよしとすべきか。

そのとき、Ｓはオートバイに商品を満載して確か大手町付近を運転していたはずだったから、サイレンを鳴らしながらの救急車であれば、事故現場からＮＧ病院まで二十分もあれば着くだろう。その間、辛うじて呼吸を続ける死の瀬戸際にあったＳの生命を救うため、応急措置が施され、幸いにも今日に繋がったということだろうか。意識がクリアになるにつれ、生存するに至った危うい経緯が次々と明かされて行く。その困難な状況を改めてわかれば、頰をつねり人並みの痛みを確かめ、「あ〜あ、自分は本当に生きていたのか」と、遅ればせながらも実感する。四日間息も絶え絶えに生死の境を彷徨したことを振り返り、それまで感じなかった恐怖感が時を隔てて心身からじわりと滲み出す。その事故は、若さの勢いに任せずもう少し慎重に対処し回避すべき危険だったと思う。そのアルバイトの僅かな賃金の何処に、生命と引き換えにする価値があるというのか。勉学を続けるための代償は高くつく。

さて、両人の関係に話を戻そう。ふたりは大勢の級友たちと交流する関係から一歩抜け出し、互いに相手に関心を持って親交を深め、いつしか情を交わすまでの間柄になった。学生運動を鎮圧するため、街角に催涙ガスが立ち込める当時の学園は休講が多く、共に活動し交流する機会が少なかったという事情を考えれば、それは勉学を介して友人から男女の関係へと変化し結実した、奇跡に近い流れだったと言ってもよい。一旦は、Sの窮状に際して真っ先に病床に駆けつけて立ち会うまでの仲に熟したかと思われたが、一瞬花開いたかに見えた奇跡は、鉄格子で封鎖された学園のイレギュラーな時代を象徴するかのように長くは続かず、卒業を契機に呆気なく崩壊した。それは、学生時代の空間に花咲く甘酸っぱい青春の蹉跌(さてつ)だった。

長い年月が過ぎ去った今日顧みても、ふたりの繋がりの遠近感を正しく評価するのは難しい。今以てその理由を指摘し得ないが、当初からふたりを隔てる微妙な距離感があったことは否めない。それでも、ふたりがクラスの他の誰よりも近しい間柄になったのは、アルバイトに追われ勉学に励む厳しい環境の中、愚痴もこぼさず生き抜く態度を互いに尊敬し、将来に向かい共通の目標を持ち、励まし合う気持ちがあったからだと思う。その当時、Sは勉学によって結ばれた男女の関係は健全であり、とりわけ強固なものだと思っていたが、その青臭い考え方はものの見事に瓦解した。男と女の結びつきは、社会関係の健全さが決定するものではないし、心身共に求め合う牡(おす)と牝(めす)の欲求とそれを支える物質的条件の確保は道徳、倫理に勝る。

その繋がりは、温暖化が進む初冬の公園の池に珍しく張った氷のように薄べったい壊れやすい関係であり、小鳥のさえずりの微かな震えにも耐えられない、如何にももろい繊細なものだった。一旦日が昇れば瞬く間に溶け出し、思い出の詰まった一切の姿形は失われ、確かに存在し躍動したことの名残さえ留めない。それは薄氷を踏む消え入りそうな脆弱な関係であり、そうであれば仮に破綻したからといって敢えて取り上げ、当事者の一方にその責めを負わせて騒ぎ立てる関係ではなかったかもしれない。いつまで経っても、取り組む相手の幻想に取り憑かれ、ひとり相撲をとるようでは情けないが、箸にも棒にもかからない人の執着心とは概してそんなものだろう。その対象が目の前に出現すれば、多少の驚きの後一切の拘泥は霧消する。

　それはそうとして、その危うさは何処から生まれるのだろうか。ふたりの関係が深化するのを阻止して立ちはだかる、何らかの障害でもあったのだろうか。弱々しい繋がりを壊さないように気張って対処しても、人力によって見えざる相手を制圧することは及ばず、薄氷は夜が明けて陽の光に晒されれば、ひとたまりもなく消え失せて跡形もない。無理やり自然の力に抗っても、物事のあるべき流れを誘導して制することは難しい。物事には、始まりがあれば筋道に沿って必ず終わりが待ち受けている。我が意の通り人の繋がりを留めようとしても、このうち人為によって操作し得るものは多少の延命を図るくらいのことであり、それらの行為はこの世界の成り立ちの法則から考えれば、所詮でき損ないの悪あがきに過ぎない。

　事故によって致命的な打撃を受けたかもしれない深刻な状況の下、熱に喘いで苦しむNG病院のSが横たわるベッドの脇に、遠方の親兄姉の姿は見当たらず、恋人のT子がひとり付き添っていたのは、困ったときにSを見守ってくれた普段の顔ぶれではない。断続的に発生する激しい頭痛と目眩のせいか、彼女から付き添いに至った経緯を説明されてもにわかには真偽が飲み込めず、気持ちを落ち着けようとするが、どんな心のやり繰りも敵わない。本来所定の場所にいるはずの者が、いつもの通り収まる変わらない日常であれば、余計な気を回さず静かに休めるだろうが、不慣れが引き起こす違和感にどう対処してよいかわからない。

T子が、ベッドに横たわるSを看護する状況は、如何にも居心地が悪くやはり何故か落ち着かない。詮索しても不安の出処は不確かであるが、理由の詳細が不明であっても、得体の知れない不安が滲み出し、絶え間なく足元が痺れ心身のアンバランスを感じていた。痛みを伴う平衡が取れない不安定な感覚は、もしかして身内とは違い何処かよそよそしい、他人行儀なT子が生み出す違和感がもたらすものだろうか。Sに気遣い親身になって面倒をみてくれるのに、安らぎ切れない気持ちが残ることはどうしても否めない。贅沢ではないかと言われれば反駁し得ないが、好意には違いないけれども、無理やり目を塞ぎ我慢することは難しい。

Sは、ふたりの交流を深めて来たと思っていたが、落ち着かない違和感が存在することは、いつまで経っても家族の関係にはなり切れない、個体の存続を妨げる悪性腫瘍のような障害物が存在したのだろうか。そして、その障害は自らの意思によって自在に制御し得る随意神経の範疇に属し、もし違和感が生じれば意図的に修正、除去することができる病理だったのか。現実には、主に意図的に一部は仕方なく事態を傍観してしまったが、もし放置しなければ某かの改善が図れたのだろうか。

それは、例えば泥酔した翌朝目覚めたとき、ベッドには女の匂いがするけれども、自分が誰と何処にいるのかわからない不分明の感覚に似ていた。何ともばかげた喩え話だと思われるだろうが、長い人生誰にでも一度や二度ある愚かしい体験に違いない。Sの場合、目覚めた瞬間女の匂いに絡まりこの世界がぐるぐる回転していたが、多少酔いが醒めて落ち着いたと思ったら、今度は部屋全体が傾斜してどうしても真っすぐ立ち上がれない。Sの違和感とは、言ってみれば世にも不思議な非日常のそんな感覚だった。傍らにT子が付き添う不自然さが相乗し、Sか部屋のいずれかが水平に戻らず、仕方なく緊張したまま手足を固めて横たわり、逸早くこの世界に本来あるべき平衡が回復することを祈って、暫く様子を見ることにした。何事もなく水平線にまっすぐ立つことは実に素晴らしい。当たり前の現象によく気づいたなと一瞬思ったが、それはよく考えれば、症状に促された結果だから自慢にもならない。

自らの知覚を通して体感したその症状は、一気にSを不安に陥れる異次元の不快な感覚だった。そのときの受け入れ難い異常の正体が何かは、混乱したまま今でも纏まりがつかずにいたが、正直に言ってその後の蓄積を斟酌すれば、全てが事故に起因する症状かどうかわからない。従って、その不快の感覚とT子の他人行儀が生み出す違和感とが、どんな相関図を描けるのか未だ不明であり、その帰責が何処の誰に属するのかまるで見当がつかない。さすがにT子だって、何でもかんでも自分の責任にされては我慢の限界というものだろう。ここは冷静に観察して見極めないと一方的に誤った先入観が固着して、その印象は生涯変更されない。

手足を固めてベッドに横たわり少しずつ断片的な記憶を辿って行くと、突然自分の身体が宙に舞う事故の瞬間が蘇った。しかし、Sは未だに自らの生死に拘わる命運の客観的な立ち位置は、正確には飲み込めていなかった。そのときの不確かな印象を語れば、朝目覚めたときしばしば経験する、睡眠中に見た夢のあちこちが欠落し、全体の輪郭がうまく繋がらない事象と何処か似ているようであり、多少違う気もするひどく曖昧な不分明の感覚かもしれない。両者とも無意識の事象であることは共通するが、古ぼけた映像から湧き出る印象がまるで違う気がする。Sは、ふたりの別れの不分明を深刻に受け止め、思索が深みに嵌まって行くけれども、果たして正解に辿り着けるのだろうか。択一問題は正解なしの問いもあるから、いい加減に○×をつけることはできない。もし、正解がなかったらどうすればよいか。不安の種は考え出せば切りがない。

事故発生の時間帯は、恰も貴重品の盗難にでも遭ったかのように宝物が失われ、中味がすっかり抜け落ち、心の残像しか感知し得ない暗闇の時空へと繋がっていた。容易に呼び戻せない死にかけた事象とは、鮮やかな印象が言葉になって喉元まで出かけているのに、痒くて仕方がない背中に懸命に手を当てるが、もう一歩のところで届かない不如意の感覚であり、苛立ちが募り落ち着かない未達の感情に支配されたものか。それは、親しい友人の顔を思い浮かべてもなかなか名前を思い出せない、衰えて行く能力に対する窒息感と絶望感にも似ている。見識の高い人は現状を受け入れよという。因みに、その脆弱な心を支えるものは覚醒した理性ではなく、鈍麻(どんま)に陥った感性か。

正答を得られない焦燥感に駆られて、空中に舞い上がる感触を手探りで確かめようとするが、一切手がかりがない空っぽの心が相手では、その手がかりを想像することさえ難しい。せめて僅かでも検索する対象に繋がるヒントがあれば、芋づる式に関連する記憶を呼び戻す契機になるかもしれない。しかし、慌てふためいて焦っても頭の中は真っ白になり、混乱に拍車がかかって、接近したい世界はますます遠のくばかりだ。記憶が薄れたその一点が昆虫の微かな動きのようであっても、些かでも手がかりに繋がれば、真実の解明を諦めかけたSが、改札口の方角にふたりの関係の隠された秘密を紐解く鍵を見い出せるかもしれない。

「あなたの手提げカバンに入れてあった手荷物の中に学生手帳が見つかり、家族の連絡先を調べていたら最初のページにわたしの家の住所と電話番号があったようで、あなたが事故に遭ったと警察から連絡があって驚きました」と、T子は付き添いに至った経緯を説明した。

「そうでしたか、それは迷惑をかけました」、漸く彼女が枕元でSを看護する理由を納得した。そのときSの田舎の実家にはまだ電話がなかった。警察が住所録から電話がある知人を探し当てた結果、偶々(たまたま)T子の家に連絡したということだった。

「事故の顚末やあなたの状況については、お手紙で実家にお知らせしておきました」
「何から何まで本当にありがとう」
「あなたの負傷の程度がわからなかったから、取り急ぎ着の身着のままで飛んで来ました。ベッドに横たわったあなたは、今日まで四日間全く意識がない状態が続き、高熱でうなされていました。何度か耳元でそっと呼びかけたのですが、応答がなかったから、もしかして入院が長引くかもしれないと思って、自分の着替えと日用品は後から母に持って来て貰いました。あ〜あ、あなたが死ななくて本当によかった」と、目が覚めやらないＳを見守り続けていたＴ子は、昏睡状態から覚醒したＳの姿を見つめて、漸く安堵の胸を撫で下ろした。警察が連絡する相手を選んだ偶然の対応とはいえ、Ｔ子は四日間もＳに寄り添って世話を焼いていた。

仮に、ふたりの間に某かの障害があったとしても、そのときＳに対し何の彼のと心配し、身の回りの雑用に対処したのはＴ子だった。高が雑用ではないかと言う勿れ。排泄さえ叶わない患う不自由の身にとって、日々の雑用の処理こそ喫緊の問題ではないのか。Ｓが寝ていたベッドの脇には一段低い補助ベッドが並べてあり、Ｔ子の身の回りの品々が、起床した後の枕元にきちんと揃えてあった。それらの細々した品々の様子から日常の生活の匂いを感じ、これまでにない親近感を覚えた。

Ｔ子はその四日間、食事や睡眠を満足に取らず付きっ切りでＳを看病した。Ｓが意識を取り戻したことを確かめると多少安心して気が緩んだのか、元々丈夫でない身体は疲れ果ててすっかり憔悴し切っていた。彼女のSに対するその誠意は疑いようもなく本物であった。やつれ切ったT子の姿を見れば、自らの身体の不調を顧みず、Sを心配し見守り続けた誠意を感じ感謝の気持ちで一杯になった。この世に生還し再びT子に会えて心から嬉しかったし、この女（ひと）とならば生涯苦楽を共にしたいと思ったのは、逆境にあって弱音を吐いて妥協したからではない。これらのT子の行為を信じずに、これ以上なお何を求めて生きればよいのか。

「当面必要と思われるあなたの下着などの着替えは、入院が長引いても支障がないように、バッグに詰めるだけ詰め込んで下宿から持って来ました。やむを得ず入院生活が長くなっても何とかなると思います。汚れ物の洗濯は授業の帰りにわたしがやりますから大丈夫です。あなたはのんびりと治療に専念すればよいでしょう。我がままはいけませんよ、お医者の言うことは素直に聞いてください」と、T子がまるで子供のころの母親のように、身動きが取れないSを諭す姿を見ると、彼女の新しい一面を初めて知ったような気がして何故かホッとした。

「わかった、よろしくお願いします。勉学とアルバイトに忙しい中、休みまで取っていろいろやってくれてありがとう」と、SはT子を見つめて素直に感謝した。細々（こまごま）と行き届く対応に感極まって思わず涙を流したが、手に負えない困難に遭遇し、そのとき受けた人の親切に心を揺り動かされない人間はいない。

7/8
Bye Bye Blackbird

さてT子は、卒業すると内定していた大手の損害保険会社の総合職として採用され、見るからに颯爽としたキャリア・ウーマンになった。三カ月の研修期間を終了した後、早速総務・企画に配属されバックヤードの業務を担うことになった。夜遅くまで忙しい仕事を余儀なくされると口説いていたが、不健康なT子にとって確かに負担は大きいけれども、その代償として給与が極端に恵まれていたのだから、あれもこれもと欲張って文句は言えないだろう。当時の金融・保険業界は職員に高給を支払っても、なお成長し続ける余力がある、よき時代だった。

就労は、対価に見合った役務の提供を隈なく管理され、些細な無駄も見落とされず、それ相応の負担は必ず求められる。その当時、今日ほど豊かな社会ではなかったから、人は無理しても目先の金銭を欲しがり忍耐強く仕事に精を出し、また使用者側には苛酷な就労に対して応じられる、十分な経済的条件が揃っていたから、両者の要求は図らずも一致し均衡が取れていた。T子が就職に際し目先の給与にそれほど執着していたとは思われないが、職業はその時々の経済状況を反映し、本人たちが思うほど自由に選べる余地はなく、苛酷な就労の環境は、実情を知らない学生にとって、仕事に従事した後に知る受け身の対応は仕方がなかったと言えよう。

T子は忙しい職場環境にも次第に慣れた。仕事以外のことを考える心の余裕が生まれ、Sが公務員になることに関し、結婚後に予想される金銭的な困難を感じ始めたようであり、口にこそ出さなかったがＳに対し不本意な気持ちが沸き出したのではないか。就職当初Ｓに支給される給与は民間の一流会社と比較しようもなく、残業手当を含め実質的な手取り額は、漸くＴ子の半分に届くかどうかの水準に止(とど)まった。さて、給料に見合わない高い業務内容をこなす一部の者を指し、公僕とはよく当て嵌まり感心するが、要はこの言葉が建前に陥りつつあることが問題であり、特に何処を向いて権限を行使し義務を履行するかが問われているだろう。

Ｓは勉学の合間に学費や生活費を稼ぐため低賃金のアルバイトに追われ、『罪と罰』のラスコーリニコフのように最下層の生活を余儀なくされる身だったから、当初支給される予定のその程度の安給料は全く気にならない。因みに、支給が見込まれる賞与を含めたＳの年収額は、不安定な現状と較べても意味はないだろうが、アルバイトの収入を軽く二倍は超える金額だから、Ｓにとってそれなりに納得し得る数字にも思えた。ただ、目の前の安給料に拘(こだわ)らないＳから見ても、ふたりの収入の格差は余りに大き過ぎ、若いうちに給料を蓄え、将来はＳの収入を核にして家計をやり繰りするＴ子が描く夢を実現することは、中高年になってＳが相当高位の役職に就くまでは、どんなに頑張っても難しかったかもしれない。このように給料の多寡の感覚は、ＳにしろＴ子にしろ現状の生活水準に影響されることは間違いない。

首相に就任した当初、『昭和の今様太閤』と持て囃(はや)された高等小学（現在の中学二年）卒業の田中角栄は、優秀な人材を公務員に確保するとの名目の下、まず警察官と教員の給与を優遇した。それに引っ張られて一般職の公務員給与も後追いした。それとは別に、当時は長期にわたって所謂高度経済成長が続き、公務員給与は高騰する民間の給与並みに近づけようと毎年大幅に改定され引き上げられた。改定内容は中小企業を含めた民間の平均給与を後追いするだけであり、給与水準は保険、証券を含めた金融業界の概ね六、七割程度に止まっていたと考えても、それほど的外れの指摘ではない。貧しいSはそれまでの貧困を引きずるように、お金に縁のない職業を選んでしまったが、成績優先の比較的公平な試験が担保されていたからよしとすべきか。

公務員の職種は、窓口のルーティン業務の処理から各種政策の立案、執行まで多岐にわたる。千差万別の職種に応じて特殊勤務手当が支給されたり、また生活費の負担が大きい大都市に勤務する者には都市手当の加算があるなど、支給額の調整が図られている。後者については地域経済や物価水準の格差を反映し、大都市の給与は地方より押しなべて二割程度は高い。ただ、それらは個々人の能力、実績によって格差をつける意味合いはなく、年功序列の悪平等の給与体系を解消する目的はない。公務員に求められる能力の評価は、確かに民間の営業職とは違い成果が見え難く、何を以て優秀とするかその評価は難しい。悪平等に近い安給料に対する公務員という職域に対するT子の冷笑的な見方は、それなりに理由があるかもしれない。

実力主義とは真逆に位置し、年功序列の見本のような役所の職階制、給与体系は公平さを求められ、実情に合わせて弾力的に制度を運用する余地は少なく、長所、短所を併せ持つ。いずれにしても、大都会に生活する地方出身の若い公務員は、たとえ共働きをしても運よく官舎にでも入れない限り、子育てが大変なことは間違いない。Sに支給が予定される給料は、T子が日々接する会社の同僚男性に較べれば、如何にも貧弱で見劣りするものに映っても不思議ではなかった。要するに、大都会の公務員は相続する家作でもない限り、子供の教育費を安定的に捻出し、生計が立たないことは今も昔も変わらない。そう考えると、出世や職務内容を度外視すれば、公務員生活の安定度は大都市より、地方の旧国立大学に子供を通わせる田舎暮らしの方が勝るだろう。

健康状態が芳しくないT子にとって、共働きと子育てを両立させることは至難の業だったかもしれない。大都会で平穏な結婚生活を維持するにはそれなりの収入があり、特に継続して負担する過大な家賃の支出を抑えられる環境になければ、良好に始まったかに見える婚姻生活は、家計のやり繰りに疲れ果てて早晩破綻しかねない。そうであれば、T子の選択は善くも悪しくも現実の生活の諸条件を巧みにやり繰り算段する、都会育ちのリアリストの考えなのか。

高位の幹部に昇進し天下り先を含めた現職中の所得に、職域加算した年金を合算した公務員の生涯所得は、民間と比較してもそれなりに均衡が取れていた。ただ、日々のやり繰りに追われて生活に余裕がない若い人は、普通倹約が中心となる悠長な長期的な視点など持ち合わせない。その事情は、庶民の典型である中産階級出身のT子でも同じだったと思う。大方の者は手元に確定しない将来の安心よりも、目先の処遇のよさを優先した。それは、会計の減価償却のように一括して償却が許されるケースならば、原則通りの『分割償却』よりも『特別償却』を選択し、取り敢えず経費を前倒し、次年度以降はまた何か考えればよいとする節税感覚と似ているか。

その時代、戦後の貧しい生活に追われ続けた多くの人にとって、上昇する経済の成長に便乗して給料の多寡に拘ることは、それまでの貧しさを顧みれば、吝嗇な少数派の視点ではなく極く普通の勤め人の考え方だった。いつの時代であっても、家を建てたり子供に教育を受けさせるためには、とにかくお金が必要であることは変わらない。その思考は、リアリストの目を持つ『Sを捨てた女』に理があることを是認するのかと、T子への疑念に拘るSの態度に些か一貫性がないと勘違いされるかもしれない。ふたりの事情を知る者が次々と欠けて行く昨今、往時の彼女の心の真実を擁護するためT子を代理し、別れの事情を抗弁する役割は誰にも担えないし、それは皮肉にも彼女を通して往時のSを語る数少ない方法だった。

T子は、Sに対する不本意な気持ちなどさらさら見せず、「おめでとう。複数の官庁の上級試験に合格したうえに、早期の採用の誘いがあって本当によかったわ。培って来たあなたの実力からすれば全く驚くには当たらないとは思いますが、とにかくこれまでの苦労が報われて、自分のことのようにうれしいです」と、差し障りのない赤の他人に対するような祝意

をさり気なく述べた。そして一呼吸おいて、

「あなたはこれで終わるような人ではないでしょうから、今回の選択は将来の足場固めの第一歩ということでしょうか」と、T子はSの顔をそっと覗き込み、某かの反応を確かめるかのような顔色を見せた。Sにすれば多少不本意な選択であっても、何の保障もないアルバイトに恪勤し、見通しが利かない勉学をズルズル続けていても仕方がないとの思いがあった。当面次善の成果でもよかったし、将来はその時々の状況に応じて、柔軟に職業対策をステップアップすればよいと思っていた。Sの考えはその後実際の行動に移され今日に至る。何度か危うい場面に遭遇したが、自己評価は難しいけれども、概ね狙い通りの成果を獲得して来たと言ってもよい。

今思い返しても、T子の祝意は心からの気持ちだったか不明であるが、クラスの仲間の誰もが合格する試験ではなかったから、多少の本音は含まれていたと思う。ただ、Sが見せた官庁の紹介資料を確かめていたT子は、本人が予想していたよりも劣悪な給与の処遇に改めて落胆したのかもしれない。それにしても、もし別れの理由が単に経済的な問題であれば、どうしてもう少し長い目で見てくれなかったのかと、Sの不満はなおくすぶり続ける。生活の不足を補填する実践的な構想は考えていたし、そして、それは結果的に功を奏した。

仮に、Sが都市銀行や損保・生保の総合職を希望していれば、ふたりの関係は別の展開になっただろうか。その後の友人たちの行く末を見れば、その多くは北は北海道から南は九州

までと地方都市を単身渡り歩いた後、最後はせいぜい何処かの街の支社長になって定年を迎えられれば、それらの使い捨ての職場にあっては上出来だった。彼らの多くは退職後に、嘱託として最後の赴任地を駆けずり回っていた。それは公務員と五十歩百歩の世界であり、両者の行き着く先は殆ど変わらないし、結局自らリスクを負うことなく勤め人のままでは、多くの成果を期待し得ないことを物語る。サラリーマンの子女の多くは、親と同様就職先の選択に汲々とし、その制約を超える者は少ないし、多少成績のよい者はせいぜい医者になることくらいしか考えていない。成功は確約されないが、変化のときこそチャンスが生まれることは古来からの常識だ。しかし、それは下積み時代から満を持して力を蓄えて来た者だけが真っ先に気づき、摑み取れるものだろう。

　民間会社を選んだならば、身を粉にして働き狭き門を通過し役員にでもならない限り、落ち着く先はSと大差がない。従って、上を見れば切りがないし、幸運に支社長に昇進したところで、それはそれでまた新たな不満が生じるかもしれない。衣食住が満たされない低収入であれば問題外だが、結局職業とは金銭と地位を何処まで求めるかに尽きるだろう。彼らの多くは現役時代無理やり組織に服従して来たせいか、定年後生き生きと活動する者は少ないし、生き様の切り替えが利かない者は、拘束から解放されて朝から酒を飲み早死にする者もいる。Sの知り得る限り、忙しいトップに上り詰めた者の方が、退職後にエネルギーを持て余しているから不思議ではないか。その理由は恐らく主体的に行動する忙しさにあり、多忙の質の違いによるものだろう。

好きな仕事に打ち込み成果が得られることは就労の理想であり、実現すれば仕事の中味を問わず願ってもない幸せには違いないが、それは遺憾ながら誰もが得られる環境ではない。ただ、何の仕事であっても、捗らない作業に一喜一憂しながら一歩ずつ目標に向かって歩めば、工夫の余地は生まれるから某か（なにがし）の達成感と成果は得られる。もし、日々の作業が気の進まない義務でしかなければ、これほど悲惨な職業生活はない。朝に夕に業務の処理に疑問を抱いて不合理、非能率の改善を図る姿勢があればこそ、予想もしない成果が生まれるだろうし、そもそも望まないところに弛（たゆ）まない日常の取り組みはないから、当然思うように成果は上がらない。天からの落とし物のように偶々（たまたま）某かの恩恵に与（あずか）ったとしても、それは丁半博打の僥倖（ぎょうこう）によって生み出されたような副産物に過ぎず、その果実は忽ち食い潰され影も形もない。

本人の手によって、打算に基づく男と女の離合集散の段取りが綿密に練られ、何処から見ても万事抜かりなく対処したはずのT子だったにも拘わらず、どうしてこれほど見るも無残な姿に変貌し、Sの前に現れる結果になったのか。Sの知らない人生の舞台においてつまずいて転倒しても、化石のようにその身を動かさなければ、Sにとってふたりの関係は時々思い出す埃を被った時空に過ぎなかった。再会を喜ぶべきか悲しむべきか、評価が豹変する複雑な思いがあるが、また悶着が起きたことは確かであり、年老いたSに最後まで心休まる暇（いとま）

はない。

その気持ちはいずれにしても、もしあのとき考え直し、待ち合わせの地下鉄駅前に息急き切って駆けつけて、「遅くなってごめんなさい。漸く仕事が終わったから慌てて飛んで来たわ」と笑顔を見せていれば、その後のふたりはどうなっていたのだろうか。元々縁がなかったから別れの時期が遅延しただけなのか。もし、その別れが子を授かるなど生活を積み重ねた後であれば、心の負担は耐え切れないほど大きく膨らんだろう。仮の話を展開し心配しても仕方がないが、その仮説からふたりの関係の本質が見えるような気がしないだろうか。一緒にいるのが幸せかどうか不明であっても、生活は破綻せず維持されるだろう。そして、波風が立たないように見える妥協したその姿は、世の中の男と女の大半の実情かもしれない。

現実に起きた別れの動機は、その全てがT子の心の事情であり、両人に及ぼした影響は悉く本人の意思決定に源泉がある。従って、直接発生した結果のみならず、派生して生じた損害と責任は本来本人が負うべきものであり、S以外に現実に発生した問題についても、特に本人が陥った惨めな状態は、因果応報と言うべきか全くその通りの結果になった。最後までSに残された影響は四十年間放置されたままであり、法律上の問題であれば当の昔に消滅時効にかかっているから、その事情を斟酌すれば、もはやT子の責任は限定的に考えざるを得ないだろう。

仮定の話を何度も繰り返すが、交わした言葉の少なさから思惑が外れて行き違いが多かったふたりに、もし改札口の場面が約束した事情に転換したとしても、正直に言えば幸せになったかどうか自信はない。ただ、T子の生活に限ってみれば、辛酸を嘗め尽くした展開とは大きく違い、その後のSの社会、経済的な実績が反映され、本人が望む通り人並み以上の世俗の立場には立てたと思う。少なくとも金銭的な面に関しては、T子が望む世間体を保つことは十分叶えられた。T子のSに対する人物評価に限らず、その兆候さえ見えない者に対し、先立って正しい評価を下せる者など何処にいるだろうか。Sを評価しようにも、殆ど手がかりがない状態だからどうにもならない。Sの強い願望はその後に獲得した実績の源には違いないが、その時点ではまだ外部から見える緻密な計画ではなかったし、また青年が抱く願望とは押しなべて脆弱なものであり、一般的に他人から見れば大化けする確率はとても低い。

仮に、この世に人を超える万能の神通力なるものが存在し、その助けによって輝かしい人生に導かれれば幸せだろうか。T子がそれを選ぶかどうか知らないが、Sならば先々の展開が丸見えの人生なんか、ばからしくてとても受け入れられない。その世界では事前に顛末が自明だから、喜びの事案に出会っても少しも喜びとは感じないし、危険が待ち構えていても結末を承知しているからハラハラ、ドキドキすることはない。日々喜びも憂いも感じなければ、やることがなく退屈凌ぎに朝から酒を飲み、『小原庄助』さんのように遊び惚けるしかない。元々余り酒を嗜まないSだったが、最近徐々に深酒が進み毎晩酔い潰れていたから、誰もが犯しやすい誤りのように、苦しかった時代を忘れて贅沢な戯言を吐かしているのだろうか。う〜ん、ちょっと考えさせられてしまうが、それでもやはり自由を確保し、先が見えない贅沢に浸りたい。

　職業に限らず何事も探求心を持ってひとつずつ不明を明かし、自らが狙いを定めた獲物を引き寄せる作業に専念してこそ、ハラハラ、ドキドキしながら波乱に満ち充実した人生を送る醍醐味があるのだろう。最近、体力、気力が衰えて何かにつけて安直な方向に流されがちな自分に対し、Sは若い日の原点に戻れと自らを叱咤激励するが、思うに任せず焦るばかりだった。その背景に存在する欲求は、若い日に何かをやり残したような中途半端な気持ちであり、そんな不分明な心を抱えたままではとても死に切れない。本当か。それは、もしかして四十年前に死んだ好きな猫の『たま』を抱きかかえ、T子との軋轢が生み出した青春の蹉跌をただ懐かしがっているだけではないのか。しっかりしろ。猫の寿命を考えれば、見た目は斑で似ているが、それは『たま』ではなく、建長寺の鮮やかな彩りのアジサイが見えたと錯覚したとき、山道から外れた茂みの陰で交わって生まれた『たま』の末裔ではないのか。

　T子は自分を犠牲にすることなど厭わず一族の繁栄を望んでいたが、本人の意に反し、どんなに踏み外してもそれ以上ないと思われるような悲惨のどん底に陥った。仕事も家族も全く予想もしない陥穽に嵌まったT子のケースは例外だとしても、人生とは控えめな願望でさえ狙い通り進行するとは限らないし、むしろ多くの場合思惑とは違って行き詰まり、ドタバタもがく姿は人のもどかしい現実ではないか。予定調和がない環境とは、人に突きつけられた感情とは無関係の自然の経過であり、それは人の都合によって改竄し得ないし、また少年少女のハッピーエンドの物語のように、人の感情に寄り添うものでないことを知らない人が多い。

困難に遭遇して打ちのめされた姿を取り繕って改竄し、一時的に人の目を逃れられたとしても、本人にとって不本意な痕跡を、この世から一切合切消し去ることはできない。焦燥感に駆られて場当たり的に事に当たっても、仰せの通りお説ごもっともと、Ｔ子本人の意に沿った解決は得られず、何がどう展開するのか何もわからないまま今日に至った。Ｓは若いころに較べて激変した彼女の環境に我が事のように思いを巡らせ、多少でも改善する方法はないものかと案じて深い嘆息を漏らす。その惨状は、Ｓへの裏切りに対する天からのお仕置きではないかと、Ｓの不満の感情に追従（ついしょう）する無理なこじつけはしないが、偏りのない見方をしても哀れ過ぎて言葉にならないし、通り一遍の慰めをかけただけではとても突き放せない。

ふたりは、そのとき以降予定されたかに見えた路線を変更し、それぞれ別の道を歩むことになった。別れを仕掛けたのはＴ子であり翻弄されたのはＳだったから、別れの当初Ｓの傷つき方は明らかにＴ子とは異なり深刻だった。Ｓは、Ｔ子から受けた仕打ちによって傷心の日々を送っていたが、官庁の新しい環境にどっぷり浸かって仕事に取り組むうちに、辛い気持ちは徐々に薄れて行った。また、避けがちだった新しい出逢いにも目を向けるようになり、停滞していた本来の健康な心が流れ出し、T子との出来事は過去のひとこまへと移って行く。

●

Sの職業上の業績は、凡庸ではあっても世の中の動向を見極めて、理に適った振る舞いを積み重ねた結果、生み出された果実に過ぎない。その行為は通俗的かもしれないが、貧窮して学びの環境が得られなかった若いSが望み、劣悪な状況下において無い物ねだりをせず、一歩ずつ実績を積み上げた地味な生き方が基本になった。そして、的を絞った案件は、あらゆる知恵を絞り集中的に解決を目指して取り組んで来た。ただ、いつも緊張ばかりでは疲れるだけだから、適度に強弱、緩急のインターバルを挟み、息抜きすることも忘れなかった。何か事を為すには激務の合間に一息入れ気分転換を図ることが、仕事を長続きさせるリズムだろう。

それは、自己中心的な生き方と何ら変わらないではないかと批判を受けたとしても、「少なくとも自分とその庇護の下にいる者が、かつての私のようにいわれもなく凍てつく荒野に身をすくめ、寒さを凌ぐ苦しさからは解放されました」と、学生時代の事情を具に知っているT子を前に、沸々と沸き出すSの一方的な語りは止まらない。これまで、Sは当時の事情は誰にも話さなかったし、人生の決算期を迎えて後がない今日だからこそ、肩肘張らずありのままを、記録として語れるようになった。この拘りの一事を以ても、人とは些事に拘泥（こうでい）し自在に身動きが取れないものだとつくづく思う。そんな不合理な態度は、内容こそ異なっても誰にも見かけることであり、T子は情けない自分の境遇を思えばとても笑えない。

「私の生き方は、玩具（おもちゃ）を欲しがって泣きわめけば、最後はいつも母親から与えられると思っている子供の我がままとは違います。大人になって、後ろ盾になる母親がいないことに気づいた子のショックがどんなものかわかりますか」、そこには、それまで質屋通いをしても世話してくれる母親がいることに何の感謝もせず、存在するのが当然だと思っていた以前の愚かな人間がいた。

「心に秘めた私の決意を君に理解して貰えなかったのは、返す返すも残念でした。しかし、今さらねぎらいの言葉をもらっても取り返しがつかないし、君を傷つけるようで申し訳ないが、出産の経験がない君にだって母親の資格がないということではないと思います。あの厳しい環境・条件下において、親に能力があれば学費を援助してもらいたいと望む切実な気持ちはわかるでしょう」と、Sの長話はなかなか止まらないが、貧しい病身の親に対しお金の話を持ち出すことなど間違ってもない。

　若いふたりは、日夜勉学に集中し専門知識の習得に余念がなかった。「それは情けない話かもしれないが、学問への純粋な興味というより、そうする以外に世に出て飛躍する方法が見つからなかったからです。ただ、勉学の動機はいずれにしても、知識が積み上げられるに従って、専門分野に対し徐々に興味が沸き出し、少ない時間を割いて懸命に勉学に励むようになりました。それに加えて、そのときはまだ不確かな構想だったかもしれないが、私はもう少し先々の仕事の可能性を探っていたのです」と、Sは過去においてT子に話す自信がなかったように、その当時心に温めていた思いを、呟きかと聞き間違えるような小声で語った。T子は、過ぎ去った経緯には関心を示さず、遠くを見つめて黙って聞き入っていたが、その程度の戯言であれば、もし過去に告白していたとしても、別れを覆すとはとても思えなかった。

「私は貧困から抜け出すため、朝から晩まで必死になって働き、寸暇を惜しんで学んでいたのです。上京したばかりで都会の事情が何もわからないころ、パン屋の住み込みのアルバイトは、労働にも学習にも最悪の環境でした。学校給食を担っていたパン焼きの仕事とは、朝暗い夜明け前から始まり、どんなに若くて体力があっても、夜更かしして勉学に励むことは絶望的でした。そこには休息を取る個室はなく、工場の二階には安給料の職人が共同で寝起きする大部屋に、二段ベッドが並ぶ粗末な宿舎がありました。机や椅子はなかったから枕元で書物を読むしかなく、それは勉学の環境にはほど遠くさすがに耐え切れず、三カ月ほどで辞めました。私は、翌月から収入の当てがなくなり途方に暮れましたが、もしそのとき、引き続き大学に在学することに絶望し退学していれば、自分は今ごろどうなっていたのでしょうか。パン屋を辞めたそのとき私の心を支えたのは、大学には様々な悪条件を抱えながら勉学に励む、模範とすべき先輩、同輩が少なからずいたことです」と、Ｓは自分の境遇を語り続けた。

ふたりの話題に漸く戻り、「ふたりは、今となっては初めから縁がなかったものと思うしかないが、君と別れた当初気持ちに余裕がなかったから、夜中に湧き上がる寂寞とした感情を持て余し、息が詰まってとても苦しかった。翌朝をどう迎えてよいかわからず、仕方なく慣れない酒を飲み過ぎて酔いが醒めやらず、夜明け前、思い悩んだまま下宿の三畳間に立ちすくんだり右往左往したりと、落ち着きがなかった」と、Ｓは別れたときの心の内を打ち明けた。その告白によってそれまでのわだかまりを清算し、Ｔ子と男女の関係を修復して事態を動かす意図は毛頭ない。それは、ただ長く登場を待ち望んでいた相手に対し、四十年間胸に秘めた気持ちを吐露するだけであり、恰も第三者が語る淡々とした事務的な報告に近いものだと言ってもよい。

恩師と一晩酒を共にし、虚ろな目付きで学問を語り合ったこともある。恩師に対し私的な問題を打ち明けるはずはないが、話題にしなくても隠しようがないＳの沈んだ表情を見やれば、悩める事情を阿吽の呼吸で理解していたか。彼は、その当時教科書裁判の渦中にあった歴史学者の某教授の教え子であり、一見ひ弱そうに見える老師・門弟の線の細そうなインテリが、権力に対して毅然と向き合う姿勢は脈々と師匠から弟子へと受け継がれた。物静かな知的な抵抗はＳの直前まで来た途端、生き方と専門分野の違いもあってパタリと途絶えた。

その時代、知識人の心をどんなに占拠し社会を賑わした話題であっても、時が流れ権力の横暴に慣れ切った昨今では、もはや役割を失い誰も振り向かない。社会問題は学術の分野を含めてそれぞれの時代を色濃く反映し、制約を受ける移ろいやすいテーマには違いないし、命がけで信じる価値を守ろうと権力に対峙しても、時代を超えて歌い継がれる一篇の童謡に敵わない。

「そうでしたか。わたしの過去の行為をどんなに謝っても青春の日々には戻れないし、あなたにとっては何の慰めにもならないでしょう。一方的な行為を許してもらえるとは思いませんが、わたしとの別れがあなたをそんなに苦しめたとすれば、本当に悪かったと思います。この通り心から謝ります」と、T子はSを見つめて涙ながらに説明がない謝罪をする。しかし、年老いて涙腺(るいせん)が緩んだだけとは思わないが、別れを仕掛けたT子が今ごろ突然Sを訪ねて来て、かつての心境を述懐し、挙句の果てに初めて見せた涙の意味はわからない。

T子の精一杯の謝罪に対して些(いささ)か狭量ではないかと思われるだろうが、本人が言う通り気の遠くなるような過ぎ去った時間の空白は、どんなに話し難(にく)くても、捨て去った理由を明かさず謝罪するだけではとても埋められないし、それはかつて襲われた心の痛みを思い起こすだけに過ぎない。

Sはそんな T子を見つめて、「人生は余人を以て代え難く、誰も真似し得ないからこそ生命の輝きを消し去れないその人であり、この期に及んで安直に他人に迎合する必要はない」

と、一聴すると受け止める相手がどう解釈すべきか迷う、禅問答にも似た不分明な言葉を呟いた。T子よ、君は涙を流して語る自らの不正直に気づいているのか。そんなにあっさりと謝らず無言を貫いてくれなければ、今日までSに立ちはだかって来たT子の人格の変化が急激過ぎてとても受け止められない。これまでSが悩んだのは一体何だったのかと、人生の大半を覆い続けた苦悩の意味が不明になり、処世の張り合いを失い心身の軸足がふらつくではないか。そうは言っても、こうして目の前に生きて顔を見られただけでとても嬉しい。

あのときの別れは凝縮された青春がフォーカスされ、重荷を背負って勉学に励む青春の蹉跌に繋がる象徴的な起点であり、往時の苦悩を思い出し、対処し得ない愚痴を繰り返してこぼす。あ～あ、意味不明に流す涙など不要だから、せめて一方的にSが思い込む、『Sを捨てた女』の気持ちを些かでも教えて欲しかった。今日まで疑義を未解決のまま持ち越し、Sを立ち止まらせた問題にもう一歩深く立ち入り、どうしても人の生命の真相に触れたかった。もし、本人に何か話せない事情があって触れられることを避けたければ、強制しても口を閉ざすだけから真相への接近は難しい。それでも無理強いすれば、歪められた姿形でも事情の一端は明かされるだろうが、その時点で過去から現在までの相手との繋がりは根元から遮断され、一切の思い出は失われる。もし、そうなればSにとって何が重要なのかわからない。

隠されたT子の心の真相を知りたいSは、焦る気持ちを悟られまいと彼女の反応を気にしながら、首を長くしてその先の言葉を待ったが、話がSの知りたい箇所に差しかかると、急に心を閉ざして何も語らない。好きでも嫌いでもその抑制された態度こそ、彼女の本領だったとこの期に及んで改めて気づかされるとは、相変わらずT子の心の動きに鈍感で情けない。いつまで経ってもSを悩ませ続けるT子とは、傍目には凡庸な女に見えても、Sにとっては稀に見る神秘のかたまりだった。その神秘とは、敢えて隠し立てしているようにも見えなかったから、本人も意識しない何気ない仕草をSが勝手に思い違いしていただけか。ただ、ひとりの女に拘るそんな出逢いは生涯に何度もないから、そのときは本人の前でやることなすことちぐはぐな言動になり、情けなく思えても仕方がない。異性を好きになるとは大人でも子供でもそういうことだろう。

給与の多寡の問題は、別れのひとつの理由だったかもしれないが、将来を共に生きようとするT子の気持ちはSと大差がないと思っていたから、敢えて念を押して確かめもしなかった。T子は目眩以外にもSの考えも及ばない、容易に明かせない問題でも抱えていたのだろうか。例えば、不妊症のような話を切り出し難い欠陥でもあったのだろうか。痩せてはいたけれども、日々の活動を制約する障害は特に見当たらなかったし、外見からそんな致命傷があるようには思えなかった。男と女の関係は相手への未知の部分が存在し、言葉の端々を捉えて何やかやと深読みして悩まされるからこそ、交際相手を惹きつけて生殖活動に至るのだろうし、それは言葉を持たない動物を含め、牡と牝を繋ぐための生物に備わる本能なのか。

Sにとって T子がどんなに未知の姿に見えても、猫好きの彼女とはいえ犬猫と較べて評価されては堪らない。さて、犬猫と言っても、その習性を一括りにしては考えられない。両者の最大の違いは、猫は犬とは違って飼い主に柔順でないことだろう。それに勝る老獪な猫好きは、愛猫の気まぐれを故意に見逃し好き勝手に遊ばせる。夜遊びに疲れれば、尻尾を振って自分の傍に戻って来る習性を知っているから、度重なる朝帰りにも全く動じない。それは何処かで見かける風景に似ているが、対処の中味がまるで違うから泣かせるではないか。悠長に対応するのが面倒なせっかちな人が手っ取り早く手なずける方法は、食べ物を与えず、目の前に好きな餌をちらつかせ釣り上げるのが即効的だし、それは人も犬猫も変わらない。人を犬猫と同列に考え出したのは、リアルな人間の姿を見続けて嫌気が差した昨今のことだった。

それは、Ｔ子の評価に繋がるものであり気軽に扱えない。いずれにしてもＳの人間に対する観察能力は、知ったか振りをする猫好きが、猫の真実の姿を知らないのと同じ程度かもしれない。人間とは、動物の生理以上の存在でもなければそれ以下でもないから、生理に背けば忽ち苦しくなり音を上げるのは、人と動物を問わず自然の道理だろうし、またそれが生物の進化の源であることは確かだろう。苦しむのが嫌だからと生理に従おうとしても、取り巻く環境が許さないときがある。その場合、まず制約条件が改変し得るものかどうか検討し、それがダメなら最小限にダメージを抑えるため、無策のようでも身を縮めて風雪の通過を待つしかない。普通は徐々に困難に適応するものだが、耐え切れない風圧を受ければ淘汰されて死滅するしかない。それは遺憾ながら人知の及ぶところではないから、もはやそれ以上対処しようがない。

Sは、そのとき朦朧(もうろう)としながら、ふたりの関係の本質を巧みに迂回し、涙ながらに謝罪するT子の弁解を聞いていたような気がする。彼女の話に対し疑問や感想を抱きつつ、心の整理がつかずに混乱していたそのとき、聞き慣れない何かの音に驚いて突然目覚めれば、安楽椅子に横たわりうとうとするS以外に寝室には誰もいなかった。「あ～あ、また夢だったのか」、Sは最近うたた寝ばかりしているから、半分覚醒し半分眠りについた状態で昔日の出来事を回想することが多い。時空の時系列が絡み合って過去と現在の時間軸が交錯し、それが自分であることは間違いないが、あるべき整合性が取れず、何処で何をしているのか不明なときがある。

それがT子への覚(さ)めやらない想いが導く錯覚だとすれば、Sがいくら年老いたとはいえ、現実との区別がつかないようでは全く困りものだ。さて、どうしたらよいものか。そんなときは慌てず、日ごろ見慣れた周囲の事象を具(つぶさ)に点検しよう。それらを吟味すれば、ふたりの関係の存否が錯覚ではないと明かされるだろう。それでも錯覚だというならば、Sの五感はもはや当てにならず、自分が置かれた状況さえ認識し得ないことだからとても深刻だ。

錯覚ではないという何よりの証拠を示そう。今この瞬間、当事者のT子と語り合っているのだから、年寄りの妄想ではない。ほら、この手にT子の温もりがまだ残っているではないか。SはT子を見放すような如何にも余裕がある態度を装うが、この不分明な拘りの一事を以ても、潜在意識下、彼女の干渉を免れられない不自由の身であることがわかるだろう。もし、それでもなお現実と錯覚が混在していれば、それは死の恐怖を緩和し、静寂へと導く予行かもしれない。そうなれば新旧の混乱にますます拍車がかかり、曖昧な感覚が妄想でないと言い切れるか確信が持てない。

さて、一息入れてSのリビングを見渡してみよう。安楽椅子の前方には、音楽好きのSが随分前に購入した英国製の音響機器が設置してあり、いつスイッチを入れたのか思い出せないが、長い間電源を入れたままかけっ放しになっていた。その機器はあのとき以来もう何十年も停止することなく、うたた寝するSに向かって鳴り続ける曲は、バッハの無伴奏チェロ組曲第三番ではないのか。チェロの響きは、その日の天候により少しずつ異なるけれども、晴れ渡った今日は、弦の音が軽快にそしてリズミカルに空間に浮かび、心地好く四方八方に拡散する。故障して一旦停止してしまえば今では修理用部品がなく、どんなに惜しくても、見て楽しむ道具ではないから廃棄するしかない。高価な機器が壊れないように、そっと腫れ物にでも触れるようなSの姿は、恰も丁寧な取り扱いが要求される珍種の爬虫類にでも触れるかのようだった。その分、奏でられる音楽は、小さな拘りを捨てて朗々と時には繊細に天上まで鳴り響く。

チェロの独奏は、一世を風靡(ふうび)したスペインのパブロ・カザルスの躍動感溢れる重厚さや、フランスのピエール・フルニエのエレガンスは、バッハの無伴奏チェロ組曲が広く紹介され出した黎明期とそれ以降に展開された格調高い演奏だ。オランダのアンナー・ビルスマの伝統的な古楽器による坦々とした演奏に較べれば濃淡が深く、それぞれ二十世紀前半の時代感覚を反映し、主張が明快であり心地好い。その後、二十世紀後半に新星のように現れた、中国系アメリカ人のヨーヨー・マのスピード感が乗った演奏は、現代的であり全く別の音楽の響きがする。低音部を担う伴奏楽器に過ぎないチェロが独奏楽器として表舞台に立ったのは、カザルス以降比較的新しいことであり、録音機器が発明されて再生装置が普及し、それまで王侯貴族の専有物だった優れた室内楽が、一般大衆に展開された時期に符合する。Sは、中世以降の欧州の古典音楽を中心に、六千枚以上のCD音源を保有するが、悲しいかなそれらのストックは埃を被って放置されていた。

楽譜に書き表した音楽は作曲家の意図を離れ、それぞれの時代の演奏家の個性が色濃く反映されるが、どんなに素晴らしい発想であっても、作り手が全く想定していない前衛的な演奏は、果たして亡き本人に受け入れられるのだろうか。逆に、古楽器によるオリジナルな曲想の復元は素晴らしい試みではあるが、それらは押しなべて抑揚が乏しく、響きが弱い古風な音色であり、現代的な感覚からどちらがよいか評価するのは難しい。古楽器による演奏は、音色を含めてその時代の作曲家の意図を忠実に反映する方法だろうが、分野は異なるが、例えば雅楽がどんなに格調高い芸術であっても、古代の宮廷音楽がそのまま現代人に受け入れられて主流になるとは思われない。演奏スタイルが時代を反映し変化するのにはそれ相応の理由があり、伝統に固執する古色蒼然とした演奏だけが芸術とは限らない。もし、衒学的で排他的な態度を示すならば、それはその範疇を担う者の自信のなさであり、いずれ衰退して行くのが目に見える。

「あ～あ、それにしても何という恐ろしい夢だったのか。半分覚醒し半分眠りにつく状態に陥って現実と錯覚の区別がつかないのだ」、Ｓは安楽椅子で目覚めたとき、かつて救急病院の病床に横たわり、意識がないＳにＴ子が付き添う状況の下、あの世から辛うじて生還したかと勘違いし、胸がつかえた不具合の感覚を思い出す。そのときも、「は～あ、は～あ」と、手の施しようがない過呼吸のように息苦しさを制御し得ず、忙(せわ)しなく息を吸い込み、全身汗にまみれ七転八倒しながら苦痛に耐え続けた。それは些か事実とは違うだろう。意識が回復したそのとき、危機の峠を越えていたから、症状はもっと穏やかではなかったのか。意識が混濁し死線をさ迷うあれほどの事故だったから、多少の思い違いはあるのかもしれない。何はともあれ、至急救急車を呼んであのときのＮＧ病院に搬送し、鎮静剤を打って一時(いっとき)も早く苦痛を和らげて欲しい。

　何をばかなことを言っているか。そんな個人的な悩みでどうして救急車など呼べるものか。何処まで人に迷惑をかければ気が済むのだろうか。「あ～あ、人生がこんなにやり切れない思い出ばかりならば、息苦しくて仕方がない」と、やや呼吸が落ち着くと、ひとり言を囁(ささや)くように人生の感想らしき言葉を吐き続ける。囁いている間はS自身と周囲の安寧は保たれるが、感極まって時々爆発しそうな気分になるから、S自身辛さに耐えることはとても苦手だと思っている。爆発に促される行動から生み出される果実は何もなく、周囲の関係する人や物を巻き込み何もかも勢いよく破壊するだけであり、その及ぼす影響は危険極まりない。

10/18
Magazine

T子と再会を果たしたあの日からもう何年経っただろうか。それは昨日のような気もするし、或いは心の片隅に辛うじて残る遠い昔の記憶にも思われる。T子の電話に誘われて念願の再会を果たしたけれども、待望したはずのその後の交流は続かず、再び昔と同様疎遠になり電話のやり取りさえなかった。今回はどちらからともなく離れ、それっ切り声をかけ合うことはなく、その後三度(みたび)会う機会はなかったが特に思い残すことはない。その再会は、某かの病を抱えて永遠の別れを前に訪れた挨拶だったのか。定期的に催行される欠かせない儀式のように、若い日の悔いを残す別れを思い出すが、過去の想いとは裏腹に目の前に突然現れた別人のような本人とは、淡々と「さようなら」と挨拶を交わし、新幹線の『改札口』から見送った。

懐かしさが山ほどあってあれほど切望した再会なのに、いざ会ってみれば、ふたりの前には見えざる障害が立ち塞がり、引き留めたい気持ちが薄かったのか、相手を求める意欲が失われていた。その根底に横たわるのは、もはや互いに切実な欲求がないということであり、かつてT子の心に潜んでいたかもしれない別れの理由と同じではないのか。人はどんなに広範な経験を積んでも、過去のトラウマがいざというときに限って頭をもたげ、相手に対してかつての行為を繰り返す。「あ〜あ、切実な欲求か、ふたりに欠けていた感情は確かにそれかもしれない」と、Sは天を仰ぎボソッと感想を漏らす。不足するものがわかってどう解釈したところで、今さら事態は一寸たりとも変わらないが、もしあのとき、がむしゃらに「お前が欲しい」と追い求めていれば、或いは異なる結果が生じていたかもしれない。Ｓの人生は、未達と喪失が渦巻くカオスの坩堝だ。

　接近して一旦取り戻したかに見えたふたりの関係は、見えざる力に阻まれたかのように、僅か一日で再び別れを招いた。Ｓにとって縁などは、発生した事実に対し各人の都合を後からこじつけた説明に過ぎないと思っているが、それにしてもかつてあれほど心を占拠したＴ子だったが、易々と遠ざけてしまったのはどうしてか。世俗の言葉を借りて、ふたりは元々縁が薄かったからだ、と小賢しく言い訳するしかないのか。それとも、Ｓがその後に獲得した果実が肥大化し、かつてＳとの共生を拒否したＴ子に対し、今さら深入りしたくないだけか。人生は、その人が背負う家族や付着物と切り離せないし、Ｓは、どんなに欲張っても、あのときの別れのように最後は手ぶらで別れるものだと承知するが、その一方でなお喪失を阻止しようと固執する矛盾を抱える。

　それ以外に今回別れた理由には、Ｔ子の容貌が若いときとはすっかり変わり果てていたから、皺だらけの老女が、Ｓの瞼に浮かぶ昔の彼女の面影と重ならなかったことが挙げられるだろうか。痩せ細ったその貧相な姿は、とてもＴ子と同一人物とは思われず、心の整合性が取れず拒否したとしても不思議ではない。ただ、裸になって互いに身体に触れ合えば、長い時の経過に気づき当初は愕然としても、幾日か心を通わせて見慣れれば、その姿はＳと同じように老いただけであり、発せられる声は昔の懐かしい響きそのものであり、かつての面影に一瞬驚き心が揺さぶられるかもしれない。年老いた外見から性急に縁がないものと決めつけるのは、男と女の交流の奥深い繋がりとは著しくかけ離れており、上辺（うわべ）の姿に捕らわれた浅薄な理解だろう。

その日のSは、今では好きかどうかわからないT子に対し、矛盾に満ちた心を曝け出す。「好きだった。今さら戻れない昔のことを何を言っても始まらないが、あのとき君が裏切らなければ人生を共にしたかった……」と述懐し、「どうだろう、今からでも遅くないかもしれない」と、言いかけて口を閉ざした。過去の裏切りに恨みはないと告げる言葉の端々に、年老いたT子への関心が薄れた気持ちが読み取れる。多少残された彼女に対する関心は、揺れ動いて来た心が、年老いた現在に引き継がれた残滓（ざんし）かもしれない。それは、若い日の相手に対する猜疑心に阻（はば）まれ、未だに心の整理がつかず宙釣りにされた想いだった。過去の行為の全ての責任を押しつけられては、T子だってさすがに不満に違いない。いずれにしてもSが葛藤するその姿は、目の前のT子その人に対する関心ではなく、過ぎ去った自分の青春を遠くから愛惜し、回顧する挫折感に過ぎないのか。「どうだろう、今からでも遅くないかもしれない」との余韻が残る。

こんなに切実な心の問題に関して言い訳し、真実を糊塗するつもりは毛頭ないし、もし自分に対する慰めの言葉が見当たらず耐え切れなければ、周囲を憚らず思い切り泣き叫べばよいではないか。T子と一緒にいて幸せならば、あれこれ理屈をこねずはっきり相手に伝えればよいだろう。今さら大人気なく気持ちを剝き出しにして一方的にぶつけられても、それを聞いたT子は多少混乱するだろうが、過去の不徳の代償として許してもらうしかない。拙いようでも現実に何らかの行動が伴わなければ、折角四十年振りに会っても何の意味もないだろう。意地を張り本音を隠し通すよりも、「どうだろう、今からでも遅くないかもしれない」と素直に気持ちを伝えれば、その身にいつ何が起きても悔いはないと思うのだが、現実はそれまでの本人の経験やメンツが災いし、喉元まで出かけた本音を相手に伝えられない。

　嘘だろう。それならば、その時期を逸すればふたりの関係は二度と回復しないと知りながら、再会を果たした後今日まで無為無策に傍観して来たのは何故なのか。その気になれば十分解決の知恵を持ちながら、何の対応もせず漫然と毎晩酒を食らって、自堕落に過ごして来た理由を問いたい。晩酌は小さな習慣であり、取り立てて悪癖だと非難される謂れはないと話を逸らすけれども、それは問題の核心を避けたい口実ではないと本当に思っているのだろうか。真相は年老いたT子に関心が薄れたことと、話の展開によっては、依然自分が傷つく局面も予想されるから、彼女の本心を確かめるのをためらっただけではないのかと、Sの不分明な対応に疑問をぶつけると、頭上からよく響き渡るバリトンの音声が宗教音楽のように朗々と聞こえて来た。

「お前はウイスキーを片手に、戸外の風雪を避けてひとり暖房の利いた書斎に寛いでいるが、それは四十年前に死んだ好きな猫の『たま』を抱きかかえ、T子との軋轢が生み出した青春の蹉跌をただ懐かしがっているだけではないのか。それが嘘か本当か、大きく目を開けて自分の心を静かに見つめればよい」、言われてみれば指摘の一部は確かにその通りかもしれないが、仮にそうであったとしても長い年月が過ぎ去り年老いた昨今、敢えて今さら深刻な問題に深入りせず、安楽椅子に横たわり、某かの心の安定が得られればそれでよいだろうと思ったりする。しかし、その態度はT子との過去の経緯を人一倍拘り続け忌避して来たことに関して異見を放つことでもあり、一貫性に欠けるその態度を何と弁明するつもりか。

Sの本音だから殊更弁明しないが、T子の理不尽さに対してやはり拘りは残る。「仕事の都合によって多少遅れるかもしれませんが、昼頃には行けると思います。少し遅くなっても必ず行きますから待っていてください」などと、生涯気にかかるばかりか、その先の墓場にまで持ち込みそうな言葉を残して、行き先も告げずにSの元から離れるなんて、誰が考えても余りにもひど過ぎる仕打ちではないか。会うまでその場を離れるなという疑いようがない言葉を思い出すたびに沸々と憎しみが沸き出し、一旦受け入れようと決心したSの心は、また両手をつき出してT子を遮り遠ざけてしまう。改札口で待つという特定の場面に拘り続ければ、時間は永遠にそこで止まり事態は一歩も先に展開しないが、結局それは本当に自分が望むことなのか。

いきなり手の平を返し、それまでのふたりの関係を投げ捨て、理由も告げずに待ち合わせの約束を破って恋人を見捨てるなんて、随分罪深いやり方ではないのかとSは恨み節を語る。

嫌なら嫌だと本人に面と向かって事情を明かしてくれれば、それなりに気持ちの整理はついただろうが、T子はSの心を宙吊りにしたまま突然目の前から消えるという、Sにとって何とも宙ぶらりんな別れ方を選んだ。そのとき心に映った白黒映画のスクリーンには、画面の下から上に俳優、監督などのテロップが流れ、その中には主演男優のケント・ザッカリー・Sの名が大きく映し出され、まるで他人のような余韻を残してSの目に焼きついた。最後に『完』の字が静止し、館内は暗闇に戻る。

　特に悪意を持って対処したものとは思われないが、T子のやり方は何はともあれ極端だったから、その突然の行為によってSの心は弄（もてあそ）ばれたように感じたのかもしれない。例えば、お金が絡み感情が複雑にもつれ合うような事例であっても、手順を追って丁寧に内容を明かせば、本人の意に沿うものか否かは別にしても、それなりに事案の経緯を理解し得るだろう。況んや純粋に心の問題に絞り得るものであれば、もしT子が誠実に対処していれば、Sが受けた心の痛手は間違いなくとうの昔に忘れていたはずだと、『たら』、『れば』を繰り返す何とも晦渋（かいじゅう）なSの心理は、他人事のように冷笑するしかない。ただ、Sは自分に纏わる案件の真の背景は滅多に周囲の者に明かさないから、T子への対応に関する心の真相は、S本人にしかわからない。

　別れとは、それまで積み重ねた利害損得の実績を放擲し、綺麗さっぱり清算することだから、相手との悶着を引き起こしかねない弁解などいちいちする必要はない。そうであれば、結局、Sの心を宙吊りにした相手の人格を、一方的に気が済むまで疑うことくらいしかできない。くどい話だと思うだろうが、ふたりの関係は既にその時点で終わっていたのだから、泣き叫ぼうが何をしようとも全て後の祭りであり、心の叫びは相手に届かない。自らの姿を改めて振り返ってみよ。そんな女々(めめ)しい恰好を往生際が悪いと思わないのか。捨てられた女に対しどんなに執着しても、今さら何がどう変わるものでもないし、何か対処したいなら、別れの前しかなかっただろう。まさかT子に対し恨みが募って報復するつもりではあるまい。別れのときの穏やかなSの対応を考えればそんなことは絶対にない、と思うが本当に大丈夫か。

　待ち合わせたあの日の寒々しい地下鉄駅前が映った、かすれたモノクロの映像が、特設された心のスクリーンに今夜も生々しく投影され、不思議なことにその別れがつい最近の出来事のように感じられた。映し出された駅前の公園には、落ち葉が何枚か重なった小振りなベンチが二組並んで設置してあり、座る人はなくその前を地下鉄の乗降客が忙しなく行き来する。やり場のないSの不機嫌を代弁するかのように、Sの心の波が上下するのに呼応して木枯らしが、時には強く時には弱く吹きつけ、商店街の入り口が見える駅前広場に枯れ葉を舞い上がらせた。

　往生際が悪いその姿がSの心の実相だとすれば、他人から女々しい奴だと思われようが、世間体を気にして隠し立てしても仕方がない。心のスクリーンに映る残像が気になって何とか拭い払おうと気持ちは焦るが、暫くするとまた葛藤がじわじわ滲み出し、何度拭いても終わりのない、いたちごっこの対応に疲れ果てる。虚勢を張って強がっても、結局最後は拘りの化けの皮が剝がれ、やることなすこと全てが徒労に終わるのは、恰も予想されていたかのようだ。従って、その別れは打ちのめされた感情を矮小化し強がって見せる、小賢しい企みなど通用しない、改竄し得ない事実であったし、それでもなお拘れば病的な執着に陥りかねない。そうなれば、『喪失』が陥穽に嵌まった典型だろう。

思いを込めて激しく抱き合ったときもあったのだから、そのときの気持ちを確かなものとして心身に留めておけば、それ以上欲張り、真相を究明しようなどと拘らなくてもよいのではないか。しかし、居場所が定まらない懐旧の念は、成仏が叶わない行方不明者の魂のように、いつまで経っても後ろ髪を引かれるから、その時々の本人の都合によって突然暴れ出す心の闇は宥められない。Sは人の心の不如意な動きを承知しているのに、どうして今さら感情を剝き出して小事に拘り、誤りを繰り返すのか尋ねたい。気が遠くなる過ぎ去った時間の長さと執着の中身の軽重を考えれば、それ以上拘ることの真意は全く不明であると断じてもよい。

人の心は、起伏が激しい感情を、知性によって合理的に制御する能力を持ち合わせていない。その心はおよそ予測し得ない厄介な凸凹な感情に支配され、時と所をお構いなく「T子は何処へ行ったのか」などと、突然大酒飲みのような抑制が利かない奇声を発するから驚かされる。例えば、公的な政策決定ならば、知性によって、関係する利害、要因を具に点検することが可能であり、どんなに複雑な内容であっても過去の立案の背景は、順序立って容易に解明されるだろう。これに較べて、私的な心の動きは、根拠とすべき表立った利害、要因の制約はないし、その分心理状態を理解するための僅かな手がかりが方々に拡散し、無いにも等しい状態に薄められるから、理不尽な行為を導く心の背景を理解するのはなかなか難しい。

　Sは、春のポカポカ陽気に誘われていきなり口笛を吹き出したり、秋の落ち葉にセンチになって涙を流したり、敢えて心の自由を重視し、気の向くまま自在に振る舞う成り行き任せの行動が目立つ。予定外の気まぐれな態度を、その都度他人に受け止めてもらうことは、相手にとって迷惑千万ではないかと気にはしている。もし友人であれば、その勝手気ままな態度は人間としてSが存在する数少ない証しだから、多動性障害のような不安定な態度によって、多少の行き過ぎがあったとしても、「あ～あ、また始まったか」と、大目に見て許してもらうしかない。

「そのとき、夕方まで待っても君は来なかったからすっかり待ちくたびれて、改札口を通り抜けて君の家に行こうかと迷いました。しかし、その日に限ってどうしてか、地下鉄に乗ってそちら側に行けば、君を責め立ててしまう気がしてためらいました。君の家への訪問は結局中止したけれども、その抑制はもつれ合う状況から離脱し、君を避けようとした気持ちでないことは、離れて行った君にもわかるはずです」と、Sは今さらの感は否めなかったが、当時のそのままの気持ちを伝えた。仮に、ややこしい問題を回避したい気持ちはあっても、その問題はT子がSを捨てたことから始まったのだから、責任の大半はT子に帰する。Sは別れに対する責任云々よりも、それまでのSとの関係を覆す容赦ないやり方を問題にしているのだ。

若者らしくない思い切りのないその判断が、正しかったかどうかはわからないが、「少なくともそこから先に進むことは、直感的に身の破滅を招くような気がして踏み止まったのです」と、長い月日を経た今日、そのときの気持ちを漸く（ようや）T子に告げる機会を得たSは、それまでの胸のつかえをすっかり撫で下ろした。「感情を抑え切らず、一気呵成に悲願を成就することが若者の特権だとは言えない」と、SはT子を凝視して、当時の慎重な態度を明快に語る。未熟とはいえ、それまでに培った経験は何のためにあるのか。憤りに任せて衝動的に対処すれば、本人の気持ちは一瞬晴れるかもしれないが、この場合性急な行動を慎み一旦立ち止まる必要があったのだと、Sにしては珍しく何処までも抑制が利いた語りの内容だった。

慎重を期そうとするその気持ちを強調するのは、正面から問題に直接切り込み向き合わなかったことを、T子に対して弁解するためではない。理不尽な仕打ちを受けた相手に対し、心の内をいちいち釈明する必要はないだろう。知り得る知識をかき集めれば、たとえその先へ行ったところで、辺り一帯に待ち受ける世界は、目を凝らしても何も見えない暗闇の空間であり、その環境は問題の解決に役立たないばかりか、状況を悪化させるとしか思えなかった。

　抑制が利かずに大げさに騒ぎ立て無闇に相手に接近すれば、Ｓが望む実績を積み上げる生き方の延長線上には留まらないと直感した。このように、巷の噂に聞く向う側の虚無の世界を推察すれば、自らの行為の後に予想される行き着く所がどんな環境なのか、衰退には縁がない世間の常識に疎い青年であっても、容易に想像し得たから、日没後次第に乗降客が疎らになった地下鉄に乗り込み、Ｔ子に会いに行くことを踏み止まった。それはある意味、彼女の本音を承知していたからこそ正しく対処し得たのだから、皮肉な話だと言わざるを得ない。

　どんな事情が想定されても、リスクを取って果敢に攻めるのが若人ではないのか、との見解もあるだろうが、蛮勇を奮って足を踏み出しても、一般の常識があればその先に待ち受ける世界が何かは大よその見当がつく。それは若いＳが接触を望まない空間であり、一歩先へ進むことをためらう理由でもあった。この点に関しＳの人生観は一貫しているから、今でも選択すべき結論は変わらないし、ためらう姿勢に多少の悔いが残っていても、人生の指針を突き崩すような後悔はない。もし、Ｓの判断や行為に関し如何にも常識的に過ぎないのではないかと批判を受ければ、開き直るつもりはないが、確かにその通りだから甘んじて受け止めたい。昨今、Ｓは自らの周辺に多くの守るべき世俗の課題を抱えて、雑事の処理に追われていた。軽率な言い方に聞こえたとしても、過ぎ去ってみれば、虚飾を脱ぎ捨てた人生とはそんなものかもしれない。

「たとえ、改札口を通過して向こう側に行っても、どんなに目を凝らしても期待するような真相は見えないかもしれない。ただ、雑学の知識をかき集めれば、そこは人の手に負えない暗闇の世界だという、大よその事情は呑み込めるはずです。それでも思い切って委細構わず踏み込めば、某かの手がかりになる情報に接触し得ただろうから、これほど思い悩まずとうの昔に気持ちのケリがつけられていたかもしれない」と、Ｓは呟くように語る。Ｔ子は下を向いていたが、自分に批判が向けられているかもしれないＳの言葉を噛みしめ、聞き入っていた。

そうは言ってみたが、「仮に、足を踏み出す意思があったとしても、相手の思惑を一旦あれこれ悩み始めれば、際限なく心が逡巡し、自縄自縛になった心身は、他人の手足のような不自然な動きに感じられ、本人の思うに任せない。男女共学が定着し出したその時代、それらの姿は大方の連中が初めて体験する、男女の交際を巡るぎこちない青春の姿ではなかったのか」と、Ｓはやや語調を強めて話の核心に入って行くが、Ｔ子に語っているとはとても思えない。そして一息入れて、

「いやそれは多少違うかもしれない、少々言い方を間違えたようです。もう少し具体的に言えば、君を追い求めて改札口を通過し、行く先の表示がない地下鉄に乗ってその先に行くか行かないかの選択は、投げやりな感情に委ねられた、生命の存続を左右しかねない危うい判

断でした」と、SはT子との決別を覚悟し共生を諦めた、将来の職業の構想の行き違い以外のもうひとつの大きな理由に関し、多少迷ったけれども思い切って踏み込んだ。

「あのとき、微妙な心の均衡は保っていたものの、心の奥に渦巻く衝動に駆られて、落ち込んだ自分が何をしでかすかわからず、正直自信がなくてとても怖かった」、そこまで話をすると大きく目を見開き、天を仰いで深く息を吸いこみ、何かを思い出して振り返るかのように、少し間を置いた。

　Sを捨てるT子の決別の意思に呼応したSの不作為を取り上げ、Sの視点から両者を対照した結果を総括する。相手を引き止めるべきそのとき、止めるのか忌避するのか核心部分が煮え切らず、宙ぶらりんのまま先送りして来た心のツケは、今日に至るまでSが拘わった異性問題に対し、何の興味があるのか延々と干渉し続けた。これから先そんなに長くもない将来に向かって、そのときはやむを得ないと判断した自らの不作為に関し慚愧（ざんき）の情を催（もよお）し、「あ〜あ、あのとき果敢に行動していればよかった」と、決して採り得なかった自分の対応に、いつまで嘆息を漏らし続けるつもりなのか。どんな選択でも切り捨てた方への愛惜の念は残るから、自らの行為に後悔の念が含まれることは、よくありがちな青春の現実であることを、遅きに失しても受け入れて、心のわだかまりを整理する時期に差しかかったのかもしれない。

「逡巡する心が一体どうしたというのか」、考え方を変えても今さら事情がどう変わるものでもないし、また敢えてどうにかしようとも思わないが、年老いて物心共に多少の余裕が生まれた昨今、まさか暇に任せて落ち着きがない子供の悪戯（いたずら）のように、カビ臭い過去の記憶をたぐり寄せ、手遊びをして楽しもうというのではあるまい。その戯れの気持ちは、もはや真に当事者のものとは言えない感覚であり、舞台上の物語の進行を客席から眺めて、感情を移入する多くの観客と何ら変わらない姿だろう。当事者の切実な思いと第三者の共感は似て非なるものであり、後者の感情は一時的な借り物に過ぎず閉幕して客席を立てば直ぐ忘れてしまう。

　Ｓは、改札口を通り抜け地下鉄に乗ることの意味を承知しながら、視点を変えて考えれば、自らが現実に進んだ道以外に人生の選択肢がなかったことを知りながら、必要なとき躊躇せず行動を取らなかった心のツケが、その後の人生に尾を引いているなどと未練がましい態度を取るのは、成し得ない問題に対し上辺の気持ちが翻弄される、ただの噴飯（ふんぱん）ものではないのか。それにしても、一方では身を削る何らの犠牲も覚悟せず、世俗の実利をしっかり確保し、他方の失った愛情も欲しがるという強欲な態度を、どうして今なお取り続けるのだろうか。選択肢が二者択一の場合、欲張って二肢を選んでも双方を手中に収めることはできないし、少なくとも獲得した某かの世俗の成果を代償にせず、手放した望みを回収することはできない。それが閉幕した舞台上の物語であれば、既に当事者ではないのだから、接近することとさえ難しいだろう。Ｓが逡巡する気持ちとはその程度のものであり、大袈裟に騒ぎ立てる意味は見い出せない。

「あなたの言う通り、過ぎ去った事実をあれこれ執拗に詮索して掘り起こしてはいけないのかもしれません。過去、現在を問わず、生活の中で出くわした重要と思われる問題を整理・選択し的を絞って解析する作業は、将来に向かって確かな歩みを進めるために凄く大切であることは理解します。しかし、これ以上過去の経緯を事細かに話し出すと、更にあなたを追い詰め傷つけるかもしれないから、この話題に触れるのはもうこの辺で止めにしましょう」と、それまで聞き役に徹していたT子はSの一方的な語りを遮って、やっと重い口を開いた。

「過去の経緯に蓋を被せて事の真相を知らないまま意識が薄れて行くことは、時には人にとって必要な態度ではないでしょうか」、T子は、少し間を置いてから大きく息を吸い込み、一語ずつ噛みしめるように核心に迫る話を続けた。そのとき、彼女の持ち味である本来のゆったりとした態度が際立っていただけではなく、抑制が利いた言葉の端々から、話の内容が計算され尽したものだとわかった。

「別れを選択した当時の細かな事情はともあれ、これだけはきちっと伝えておきたいと思います。あなたの人生に影響を与えてしまったわたしの選択に関して、過去のわたしの行為と矛盾するように聞こえるかもしれませんが、一言釈明させてください。そして、今ごろになって身勝手なお願いだとは思いますが、あなたに対して昔から変わらないわたしの気持ちをどうか察してください」、これまでにない深刻な口ぶりだが一体何の話なのか。「過去の経緯に蓋を被せて事の真相を知らないまま意識が薄れて行くことは、時には人にとって必要な態度ではないでしょうか」、今し方の発言と恐らく何か関係するのだろう。Sは聞き漏らすまいと緊張して身構えた。

「何処か他人事のように聞こえるかもしれませんが、育った環境も学生時代の学問に対する取り組み方が、わたしとは何処までも違う真剣そのもののあなたを、わたしなりのやり方で尊敬し愛していたからこそ、全く不本意な結果になってしまったのです。それまでのふたりの経緯を考えれば、あのときの選択を理解してもらうことは難しいでしょうが、それは目に見えない不可思議な力に誘導され、人の手に負えないいわば運命にも似た力に誘われる、風に従う葦(あし)のようなものでした。それは、ふたりにとって逆らえない時の流れだったのかもしれません」、T子は、Sをしっかり見つめながら、別れを選択した理由を「愛していたから」、「逆らえない時の流れ」だったと、何らの抵抗を感じていないような口調で明快に言い切った。

　少々沈黙した後、T子は突然Sに近寄って、「今でもあなたが大好きです。お願い、最後にもう一度あなたの顔をしっかり見せてちょうだい。今は運転中ではないからこっちに顔を向けて存分に見せて」と、Sに抱き着いて舌先を絡ませて激しく接吻(せっぷん)する。Sは、かつては見せなかったT子の大胆さにたじろぎながら、若いころに輪をかけて痩せ細りもうこれ以上痩せれば、生命を維持するには限界かと思われるような身体を引き寄せると、薄い唇には昔日の若さの香りが仄かに漂っていた。それは、間違いなくＳがかつて夢中になった、懐かしいＴ子の心音が感じられる温もりであった。「あ〜あ……」、込み入ったＳの気持ちの嘆息が漏れ聞こえる。

ただ、その言い方にはあのとき約束を破った声の響きが感じられ、Ｓの複雑な心境は否めない。「仕事の都合によって多少遅れるかもしれませんが、昼頃には行けると思います。少し遅くなっても必ず行きますから待っていてください」、Ｔ子との連絡はその言葉を最後にして四十年間途絶えたことを、どうして簡単に忘れられるか。ＳはＴ子の唇の感触によって懐かしい青春に一瞬戻ったけれども、それはアジサイが咲き誇った時節に由比ケ浜の沖合に浮かぶヨットを眺める懐旧の念であり、どんなに心地好くても、往時とは違う冷め切った心境は如何ともし難い。

若いその当時、Ｔ子にはＳ以外に付き合っている男はいなかった。学生時代の状況を考えればもてないはずはなかっただろうが、男に対し慎重になり過ぎて、上手く受け入れられなかったのだろうか。そうであればＳに対する気持ちの告白は、満更嘘偽りではない気もするが、逆に、ＳにとってＴ子が男を天秤にかけるという簡明な手がかりを失い、その心は深い藪に潜り込み、ますます混沌として来た。思考の原理から言葉の流れを点検すれば、男女関係以外の方法によっても、大よその判断の根拠は想像し得るが、本人も気づかない微妙な心の真相を見極めるのは難しい。恋の相手に対して心を病む者へのカウンセリングのような観察をしていては、愛を育む男と女の関係にはほど遠く、幸せの果実を摘むことなど全く期待し得ない。

はしゃぐＴ子の姿とは裏腹に、モノクロ映画のように声のトーンが抑制されたあの再会以来、ＳはＴ子に対し一度も連絡を取らなかったし、また彼女から声をかけて来ることは二度となかった。それから随分年月が経ったから、昨今ではその日常はおろか生死の消息さえわからない。僅かな手がかりでも残されていれば、呪(まじな)いでもかけられたように安心するが、すっかり情報がなくなり連絡を取る手段がないことに気がつくと、地下深い防空壕の出口が塞がれて今にも窒息しそうな重苦しい気分になる。Ｓはそそくさとビザを取得して飛行機に乗り、Ｔ子が住む異郷に向かおうとしても、音信不通の相手は、年月が経過し一族もろとも死に絶えたのか何処を探しても見当たらず、地下に押し込められて身の置き所がない窒息感を伴う孤独に襲われる。多少でも何らかの消息に繋がる可能性が残されていれば、普段連絡を取らない相手であっても取り敢えず安心するが、年老いた友人たちの携帯番号は、いつ遮断されているかわからないから、生死が不明な相手との繋がりを確かめず放置していた。

先般のＴ子からの電話は、もしかして痩せ細った身体に何らかの疾患を抱えてしまい、永遠の別れの前に年老いたＳの様子を少しでも見て、「今でもあなたが大好きです。お願い、最後にもう一度あなたの顔をしっかり見せてちょうだい」と、Ｓを置き去りにして来た自分の本当の気持ちを伝えたかったのか。そのためにわざわざ改札口の向こう側から地下鉄を乗り継いでやって来て、それまで露出することを抑えていた昨今の自分の姿を、最後になってSに対し何としても見せておきたかったのか。或いはそうかもしれない。

　四十年も経って突然Sを訪ねて来たT子の心はなお不明であり、昔を思い出すことになり多少思い煩ったが、今となってはもはやどうでもよい。ただ、再会後の消息がどうなっているのか幾分気にかかる。会えば会ったで話は特にないと思うが、別れの向う側の景色を見るために、何度か飛行機を乗り継いで、もう一度額縁に飾られて静止した、あの異郷の地へ行ってみたい。山門一帯のアジサイは、梅雨入りを前にして以前と変わらず見ごろになっているだろうか。山道から外れた茂みには、激しく抱き合ったふたりの身体の温もりはまだ残っているのだろうか。

　T子は再会したとき、顔を見合わせた当初こそ、若いころ時折見せた躁状態のように相手の顔も見ずに勢いよく話しかけて来た。しかし、その反動のせいか暫くすると急に口数が減り、Sの目も憚らず終始うつむき加減の姿を曝（さら）したが、恐らくその姿こそが昨今の彼女の弱々しい日常の真相であり、その挙動には生きることの諦めさえ感じられた。昔日のT子の実情を知るSには、凸凹なそれらの言葉や態度を耳目にすれば、表面上闊達（かったつ）そうに見える心の動きさえ、躍動感がない平板なものに思われた。

　一見落ち着き払って正常そうだが、始終息切れする彼女の心身は健康な状態には到底見えず、その生命は長いものとは思われなかった。そんな感想を述べるのはとてもやり切れないが、人に与えられた生存の条件には限界があり、提示された条件が本人の意に沿わない世界に向かっても、取るべき対策は限られるから、ジタバタしても事態は少しも動かない。従って、悲しみは受け入れて耐えるしかないけれども、時は移り変わり本人が年老いて近親者が死に絶えれば、周囲に手を差し伸べる者は見当たらず、耐えることさえ諦めて、ただ死を待つしかない。そうなれば、「もはやそれまで」だろう。

うろ覚えだったが、T子の実家は確か東京都板橋区清水町だったと思う。もし、Sと再会後その塗装業者と結婚していれば、姓も住所も変わっているかもしれないし、長い時が流れ激しく変貌する首都の環境を考えれば、彼女の現況がどうなっているのか、調べようがないかもしれない。それに加え、Sの複雑な心境と年老いた心身の状態では、残った人生のエネルギーを費やして生死のわからないT子を探す気にはとてもなれない。仮に探し当てたところで、前回と同様何がどうなるわけでもないし、寂しいけれども昨今は執着心が薄れたことは否めない。

分厚い壁に遮られた向こう側の闇の空間は、恐らく、あの地下鉄の『狭き門』の改札口を通過してしか、行き着けない世界だったとSの回想は続く。「あなたの言う通り、過ぎ去った事実をあれこれ執拗に詮索して掘り起こしてはいけないのかもしれません」と、使い古した録音器から流れて来る救いを求めるT子の声が、改札口の向こう側のトンネルに共鳴し、増幅されてブンブン唸って聞こえて来る。Sを捨て別れを選択したT子の意思があるのだか

ら、その心はもう十分呑み込めたはずなのに、それでもなお納得しかねないのは、何の彼の
と綺麗ごとを言っても、そのやり方を心からは許せないということなのか。その狭隘な気持
ちは因果応報の理ではないが、いずれ反動として自分に対し懲罰的に撥ね返って来ることが
わからないのか。ばかな思いもいい加減にして、そろそろ目を覚まし、軌道を常態に復する
がよい。

何もそんなに大げさに考えず、朝晩の隣人と交わす挨拶のように、気軽に問題の核心に触
れてもよいだろうと、Sは自らに問いかける。仕事上何事にも果断に決定し実行するSでは
あったが、ことT子の話になると、出来損ないの木偶の坊のように何とも情けない優柔不断
な態度の別人になり、グチグチ逡巡し軟弱な姿勢を示すから、呆れて物も言えない。Sを振
り向かせ深みに嵌まった女性との付き合いは、T子以外にも何人かあったのだから、決して
初とは言えないけれども、彼女にだけそれほど捨てられた影響に拘り尾を引くのは何故なの
か。人とは、もしかして自らの意に反して突然喪失した異性に対し、増幅して拘泥するのか
もしれない。

ふたりの過去の経緯を知る大半の者が雲散霧消した今さら、捨てられたことを誰かに対し
て見栄を張る必要はないから、心の内を素直に明かせば、それはただT子の一点の行為に対
する反撥から生じた、心に渦巻く矛盾の感情だったと言ってもよい。Sの場合、見かけ上の
平静さと内面に渦巻く執着との乖離が生み出す苦悩は、比較的ストレートに表情に出やすい

から、相手に簡単に見破られてしまうかもしれない。今以てT子に拘るそんな心理状態を顧みると、ふたりのもつれ合った関係は、Sにとって本当に蒸し返されない過去の出来事になり、あるべき場所に収まっていたのか定かではない。ただ、相手に対する執着を引き摺ったこの一事を以て、ゆめゆめ彼女に対する愛情の深さだなどと勘違いしてはならない。Sの執着は捕らわれに過ぎない。

それでいいのよ、自分の外見を気にして見栄を張らずに肩の力を抜きなさい。不在の相手に対してどんなに悲しくても、「さようなら」と、素直に最後の挨拶をすればよいではないか。人にはいずれ来るべき時が来るし、どんなに愛惜の念に堪えない別れ難い人であっても、固く握ったその手は必ず放さなければならない。そのとき、行き先がまだ定まらない目を瞑った相手が一体何処へ行くのかと、周囲をキョロキョロして心配するのは仕方がないとしても、ただ有りったけの声を振り絞って、「さようなら」と挨拶をしようではないか。Sは何度となく親しい人との別れを経験して来たのに、そのたび人前を憚らずに泣き崩れる姿はまるで子供であり、自分でも弱虫と思うし情けない。今後大切な人の死に際しては、自分の感情を抑えて静かに見送ろうと思う。

この最後の別れは、どんなに相手を引き留めようと執着しても、避けられないことはわかっているが、Sは腰抜け侍のように実に情けなく、ぐずぐずと醜態を曝し続ける。それは昔から誰もが耐え忍んで来た儀式であり、自分だけが狙い撃ちされる仕打ちでないと承知してはいても、齢(よわい)を重ね思い出と共に湧き上がる悲しみを、なかなか抑え切れない。親しい人の死に直面すれば、戦場で死者と向き合う豪気に見える男ほど、人一倍喪失の涙が溢れることを知っているだろうか。

気がつけば、棺桶一杯に生花が彩られて化粧を施された蒼白の顔が、Sの瞼に浮かんだけれども、火葬を間近に控えたその姿が誰かわからない。ただ、顔形(かおかたち)の輪郭からすれば、もしかしてアジサイを眺めていた若いあの日の、穏やかなT子の横顔に似ているだろうか。思い過ごしならばよいが、「お前なのか」と呼びかけても死人は何も語らない。狼狽しても仕方がないけれども、もしT子の出棺であれば万難を排して見届けたい。

決算審査のように当事者以外の他人の冷めた視点を借用し、感情に流されずに過去を凝視すれば、某(なにがし)かの真実の輪郭がぼんやり見える気がするのは果たして錯覚か。仮に見えたとしても、それは過去の無表情な映像に促され、欠け落ちた記憶の一端に触れるだけであり、その映像は実際にその身に起きた事実とはかけ離れていたから、真実かどうか裏づけが取れない場面が頻出する。Sは、他人の視点を借用してまで、必死になって自らの主張の誤謬(ごびゅう)なきに腐心し、歪んでいるかもしれない過去の事実をどうしてそんなに掘り起こしたいのだろうか。手に負えない執着など、捨ててしまえば気が休まると思うが、本人の拘りは個人の心的傾向に促され、真っ新(さら)な処女地に植えつけられた結果、心に固着し反芻(はんすう)する惰性になったのか。

舞台上の物語の進行を客席から眺めて、感情を移入する多くの観客と何ら変わらない行為は、ふたりはもはや近しい当事者にはなり得ないと自覚したものであり、若い日の親密な関係をよき思い出として記憶に留めるための疑似体験そのものであった。それは、別れを選択したＴ子を否定する気持ちに目を瞑り、円満な関係を回復して決着を図ろうと焦るＴ子への、最後の悪あがきに思えてならない。その行為は、子供の遊びのようにその場限りの他愛ないものかもしれないが、もし誰かが気づかずに無造作に踏みつければ、防禦態勢がない本人はひと踏みで跡形もなく押し潰（つぶ）されてしまうだろう。そうだとすれば、Ｓが思い込むその世界とは真実とかけ離れ、手の施しようがない脆弱な虚構の建造物かもしれない。

「本当にそう思っているのか。よしわかった、嘘でなければそれでよい」、Ｓは自分の呟きに納得し、

「あ〜あ、Ｔ子と別れるに至った真相を直接本人に確かめもせず、このままではとても死に切れない」と、ＳはＴ子に拘泥する本音をボソッと漏らした。そして、

「大人気なく執着するこんな心の叫びなど、頗るありふれた個人的なことであり、他人にとっては全く関心がないから、聞いてもばからしくて退屈するだけだろう」と呟きながら、世間体を気にしてそっと首を回し、周囲を確かめる何とも手に負えない俗物だった。相手をとやかく言う前に、自分自身を顧（かえり）みるがよい。そう考えるならば口をつぐめばよいではないか。社会的な実績はいずれにしても、その後の生き方は一本筋が通っていたとＴ子に対して誇れ

るのか。確信がなく腰が据わらないその姿こそ、彼女がかつてSに不信を抱いて拒否した生き様ではなかったのか。

「あなたの言う通り、過ぎ去った事実をあれこれ執拗に詮索して掘り起こしてはいけないのかもしれません」とのT子の呟きに対し、Sの思いは続く。

「その通りです、確かに無闇に核心に触れてはいけないかもしれない」と、理解しているのかいないのか、Sは纏まりのない自分の言葉が実際の思いとは違って矛盾することを、意に介さなかった。生命が続く限り白黒映画のパントマイムのように、なり振り構わずドタバタし、在りし日の真実にひたすら拘り続け反芻するしかないのか。それも仕方がないか。開き直りのようであっても煩わしさを避けられれば、核心から外れても最近余り気にならなくなった。皺だらけの老いた顔を鏡に映して見るがよい。年相応に年輪を重ねた顔つきではあるが、T子への執着以外に、自分に誇れるものが何か残っているのだろうか。何ともばかげた人生だとは思わないか。

　そうは言っても相手から正直な返答が得られないならば、それに代わってSが回想し疑義を解消することは、残された時間を穏やかに生きるための最後の取り組みだと思う。その拘泥は、いつの間にかT子の気持ちを確かめる段階を離れ、S自らが四肢を動かし心の内を見定める確認作業になった。それは、長い年月を経た今日、打ち捨てられた青春の蹉跌を点検するという繊細な事案に変化し、自己回復を図る個人的な行程にすり替わってしまったのかもしれない。Sの心は、長い間T子の裸体が乱雑に草むらに放置され、未整理のまま深い藪の中に迷い込み、山道からの出口を探し出せず、放心して立ち尽くす。しかし、その態度が取れたのは、突き詰めれば自分の望む道が何処にあるか、当初からそれなりにわかっていたからではないのか。

T子との別れに限らず、Sの人生の大半はその来し方を顧みれば、気負い過ぎのせいか予定調和のない徒労が続いて来たが、今からでもそんな自分の生き方を見直して、人並みの穏やかな人生を巻き返すチャンスはあるのだろうか。「いやいや、これは冗談だ」と急に面子を意識したようだが、一体誰を気にする必要があると言うのか。何でもかんでも周囲と比較しようとするその態度こそ、他人を気にしない素振りを見せながらも、物事に対する相対的な価値評価に捕らわれる、Sの俗物たる最大の特徴かもしれない。

本人は、その態度は心的な事情であり、外部からは容易に窺い知れないつもりでいるけれども、気が利いた人間ならば、肝心な箇所は決して常識を踏み外さない、Sの凡庸な能力などすっかりお見通しだろう。『頭隠して尻隠さず』とは、他人に対して何かと身構える、表情が乏しいSの尻にこそ見事に当て嵌まる。それはまさに言い得て妙であり、高が尻の話ではないかなどととても笑えない。

昨今の年老いたSには、世俗の要求を満たすため、余計なことに気を回し対処する気力や体力はあるはずもない。それにも拘わらず、自分の年もわきまえずに力ずくによって青春の失地回復を図ろうなどと、今さら力んで欲張らない方が身のためだとは思わないのか。その生来の負けず嫌いの気負いは、善くも悪くもSの田舎者らしい垢抜けない特徴ではあるが、かつての同僚たちの及びもつかない、Sが積み上げた仕事の実績に関し、そろそろ年相応に肩の力を抜いて見つめ直してもよいのではないか。人間の評価とは本来周囲がするものだが、その周囲が認めた評価になお不安を抱き、死んだ後の墓の先まで受け入れない不信に満ちた態度は、変わりようがないSの性向かもしれない。

T子との待ち合わせの約束を反故（ほご）にされ、さんざん心を乱されて、下宿に近い場末のバーの片隅で酔い潰れた翌日、三島由紀夫が市ヶ谷の自衛隊施設で隊員にクーデターの決起を促し、成し遂げられないと見るや、自ら持ち込んだ美術鑑賞用の日本刀で割腹自殺したとの報道があった。介錯（かいしゃく）に用いた刀は、本人が所有する名刀『関孫六（せきのまごろく）』だったという。当時の政治状況を考えれば、三島本人は決起が功を奏すると本気で思っていた形跡はなく、四十五歳を過ぎて念願の死に場所を探しただけだろう。昭和四十五年十一月二十五日、街中のテレビから三島の甲高い声が虚しく響く。三島が駐屯地のバルコニーに立ち、隊員に向かって鉢巻き姿で演説する新聞の号外があちこちに読み捨てられ、地下鉄駅前の公園には北風に吹き飛ばされ散乱していた。

右傾化した三島の生き方は彼本来の繊細な個性が失われ、Sにとって初期、中期の作品群との整合性が図れず、余り親しみを持てなかったが、それでも一途に思い込んだその姿は三島の屈折した心の一面に違いない。三島は恵まれた条件下にあって天から地に降りようともがき、Sはその日暮らしの生活に疲れ地から天に這い上がろうともがく。ふたりの境遇は大いに異なったが、その魂は天と地の境の何処(いずこ)かにおいて交錯し、他人とは打ち解けない孤高の才知が燦(きら)めく三島は、Sを惹きつけて止まなかった。

緻密ではあるが作り物のように感じる三島の小説の何冊かが、Sの書斎の卓上に埃が被り重ねてあった。そのうちの一冊に『金閣寺』との背文字が読み取れた。Sは齢(よわい)を重ねると人を押し除け「我こそは」という気持ちが薄れ、その事件以来彼の右傾化した姿を面白おかしく取り上げる出版物を避け、再び三島を精読する機会はなかった。昭和二十五年、実際に起きた金閣寺放火事件を題材にした三島の『金閣寺』は、将来も読み継がれるべき傑作であると思っていたが、昨今では若い人には興味を持たれず、特別の愛好家でもない限り余り読まれないと聞く。Sがその日暮らしの生活に疲れ、地から天に這い上がろうともがいて気づかないでいる間にも、時代は休止することなく移り変わり、一世を風靡し揺るぎないと思われた価値観でさえ、不要になれば、路地裏に容赦なく打ち捨てられ誰にも顧みられない。

T子と三島は、最盛期の華々しさをどんなにリアルに呼び戻そうとしても、今やSの心を拘束し、先々の見通しに繋がるような深い感慨には浸れない。両者が出来(しゅったい)した時期は偶々重なり衝撃は強かったが、昨今では何かの拍子に時折懐旧する骨董品にも似ていて、今にも跡形もなく消え入りそうな遠い昔の風化した景色になった。最近、末梢神経の障害を患って両脚の筋肉が硬直し、歩くことさえ思うに任せないし、それに加えて、忘却の速度以上に体力の衰えが著しいから、その後ろ姿を追いかけようと焦っても、Sからどんどん遠ざかって行く。このように健康を気にかけ度々話題にするようでは、いよいよ筆を折る時が近づいたのかもしれない。Sの老いは見た目も中身もますます拍車がかかる。

書斎の机に向かって目を瞑り心を鎮めてみれば、それらは確かに古ぼけた過去の出来事に過ぎない。しかし、出来した時期が重なりワンセットにされた両者は、その時代の全容を背景にし、スクリーンのど真ん中に拡大して投影され、時折昨日の事案のように生々しく感じられるのは、老化に伴うSの単なる錯覚なのか。そこには、お決まりの「あのころは」と懐かしがること以外にも、ややもすると本人は忙しない日常の中で忘れかけてはいたが、青春の日々を送ったその時代の空気が、貧しさに押しつぶされそうだったSの心の琴線（きんせん）に触れ、今日まで刺激し続けて来た何かがあった。その何かを象徴し代表するものが、T子との理不尽な別れだった。

細々した思い出の経緯に引き摺られ、今回は『Sを捨てた女』に対して仕返しするかのように、このままT子を見捨ててよいのだろうか。長い間若い日のT子への想いに翻弄され、今以て愛惜の念を捨て切れない年老いたSの姿が、子供の影絵遊びのように書斎の窓越しにじっと静止して映っていた。暫くその姿を見ていたが、影絵はほぼ停止したまま動きらしい動きはなく、それは凝視すれば、懐かしい童話に出て来るお伽噺（とぎばなし）と勘違いするような穏やかな静寂の世界だった。死を間近に迎えた老いた人の姿は、飛び跳ねる生命の躍動感が失われ、その顔つきは誰も彼もが幼児と似かよって区別がつかない。Ｓには目の前に生態系の循環の最終章が迫っていたから、人生のやり残しがあっても、恐らく間に合わず途中で諦めて放置することになるだろう。「そのときは、そのときだ」、先々の心配をしていても、想いを果たすためには何の役にも立たない。今までもそうだったように、これからも何の意味があるのか詳細は不明であっても、それが生命だとすれば、とにかく生きている間は半歩でも前に進もうと思う。

　Ｔ子と綺麗さっぱり決別するためにはそれなりの俊敏な動きが要求されるが、その影絵は何処から見てもエネルギーが漲る若い映像ではない。よぼよぼ足を引き摺って歩く、いや歩くというより殆ど這いずり回る、かつてのＳの仕事振りを知る連中にはとても見せられない情けない恰好であり、それは自ら周囲に働きかけられず、ただ力なく成り行きを見守るだけの哀れな老体だった。

　人が生涯に対処し得る課題はどんなに欲張っても限られるし、Ｓは昨今の自らの状況をわきまえているから、多少でも生命の余力が残されている今のうちに、所在不明のＴ子を探し出し、救いの手を差し伸べたいと焦るけれども、目の前の成り行きを見守る老体では対処のしようがない。そうこうするうちに、現実から隔絶された改札口の向こう側から、Ｔ子の意味不明の言葉が漏れ聞こえ、今にも叫び出したい気分に襲われる。「過去の経緯に蓋を被せて事の真相を知らないまま意識が薄れて行くことは、時には人にとって必要な態度ではないでしょうか」、それはT子の言辞と暗闇の世界が重なり合う瞬間であった。

「わたしの勝手な都合によってあなたの前に突然現れ、平穏な日常を混乱させてしまってごめんなさい。長い間ためらい続けましたが、思い切ってあの電話をかけ、西日の差し込む夕刻、新幹線の駅まであなたに迎えに来てもらい食事に誘って頂きました。とても美味しいご馳走をありがとう。わたしはそのとき、かつて勉学の合間に大学付近の古びたレストランで食事を共にしたとき、子供のようにはしゃぐあなたの姿を思い出し、それと重ね合わせるようにして、今日あなたが成し遂げた業績の大きさに改めて驚き、今後二度と会ってはいけないことに気づきました。あなたはもうこれ以上昔を懐かしがって、蠟人形のように崩れて行くわたしに近寄って来てはいけないのです……。魂の抜け殻のようなわたしの亡霊に年老いたあなたを誘い込み、一緒に何処か遠くに連れて行ってしまうかもしれないからです」と、T子の声が遠くから聞こえた気がするが、地下鉄の轟音(ごうおん)にかき消された後には暗闇の静寂が残された。最近のSの五感の衰えは隠しようもないから、その声は記憶を患い始めた年寄りの勘違いかもしれないし、思い過ごしならばよいけれども、心許ない幻覚かもしれないから、耳障りならば、これまでの話を含めて老人の戯言だと思って聞き流して欲しい。

「四万円を無心しようとして君の家に出向いた塗装業者は、実は君の心を確かめるため変装した私だったのだ」と、認知症が更に進んでいると思われるT子に対し、真相を打ち明ければよかったものかと、Sは改札口の向こう側に思いを馳せてひとり言を呟く。

「えっ、その話はつじつまが合わないのではないか。Sは掟破りをして指など詰められていないし、それはどう考えても別人だろう」

報告者のSは、年老いて急激に記憶が欠け落ちて行くから、この報告の信憑性に多少の疑義があることは否めない。今やふたりの青春の真相に接近し得る者は見当たらず、いずれ両人亡き後、ふたりの出逢いと別れの真相は再び語られることはなく、恐らくこれが最後の報告になるだろう。

ふたりの物語の顛末(てんまつ)に最後まで耳を傾けてくれた見知らぬあなたに感謝します。

2022・08
ケント・ザッカリー・S

かもめ

“Gaivota” ©Alexandre O'Neill / SPA, LISBON, 2024

訳詞：高場将美（Dulce Pontes CD『Caminhos』ライナーノーツより）

暗いはしけ

“Barco Negro” by Mateus Nunes

日本語詞：吉田泉（映画『過去を持つ愛情』字幕より）

JASRAC 出2402370-401

P 59引用　**太宰治『津軽』（新潮文庫版）**より

引用部分の傍点は著者（佐久間）による。

著者紹介
公益社団法人栃木県産業資源循環協会（旧・公益社団法人栃木県産業廃棄物協会）元会長。
著書に『異聞　故郷の残滓』（文藝春秋企画出版部）、『廃線（生命の行方）或る創作ノートの旅』（東京図書出版）がある。

LISBOA邂逅（リスボンかいこう）
他一篇（ほかいっぺん）

著者
佐久間清敏（さくまきよとし）

発行日
2024年6月25日

発行　株式会社新潮社　図書編集室

発売　株式会社新潮社
〒162-8711　東京都新宿区矢来町71
電話　03-3266-7124

印刷所　錦明印刷株式会社
製本所　加藤製本株式会社

ISBN978-4-10-910281-0 C0093
価格はカバーに表示してあります。